Kadokawa Fantastic Novels

Ever15

我一抬起頭，就立刻跟安達四目相交，可是她
不知為何用非常快的速度撇開了視線。
安達剛才根本沒在看課本跟筆記本，我嘗試重
現她的視線究竟看向哪裡。

我把手指伸到安達眼前，
循著她剛才視線的方向移動。
手指最後落在我的胸口。
嗯。
原來如此。
「安達妳一直都是用
色色的眼光看我嗎？」
Summer18

『黑色夜幕裡的白色星辰』

基於各種原因的意思就是一件事背後有各式各樣導致該現象發生的成因，而這個各式各樣又可以解釋成是五花八門的各種因素導致安達心情七上八下地被我抓著右腳十全十美。什麼十全十美啊？

無止盡的蟬鳴聲宛如噴泉，不斷由下往上噴湧而出。放在櫃子上的時鐘指針聲響聽來格外清晰。連在房間裡飛舞的細小灰塵都變得特別顯眼。

明明五感都變得敏銳無比，卻只有腦袋裡面朦朧不清。

我本來要跟來我家討論旅行計畫的安達談正事，然而我實在想不起來怎麼會演變成現在這種情況。或許是這種熱到彷彿被名為夏天的氣泡包覆著的天氣作祟，害我的常識也跟著被熱出了脫水症狀。

順帶一提，我們現在在玩的是「親嘴巴以外的地方看誰能讓對方臉紅的遊戲」。哪一邊比較能讓對方臉紅就算誰贏。親一般不會去親的地方分數也會比較高。誰的臉比較紅跟哪個地方分數比較高，都是依據我們個人的主觀判斷。目前是我大獲全勝。

只是贏家能得到的，頂多就是熱到快要窒息的感覺吧。

我在近距離下凝視著安達的右腳，思考接下來該換親哪裡。安達現在已經連腳底都紅通通的了。平常很難有機會仔細觀察別人的腳底，看得我很好奇安達是不是每次跟我見面的時

候，腳底都這麼紅。我用手指戳了戳跟安達的身材一樣纖瘦標緻的腳趾，她的大腿根部就跟著彈了一下。

看到她這麼敏感的反應，我才終於開始覺得自己好像在做什麼兒童不宜的事情。

「安達妳覺得呢？」

「呃呃咦？覺得什麼？」

安達的耳朵紅得像鮮紅色的蝴蝶翅膀，反而很有藝術美感，啊，親耳朵應該也不錯？可是耳朵算一般很少去親的地方嗎？

我們沒有清楚規定哪裡是不是一般人常親的部位，所以這個遊戲的規則本身就不夠嚴謹。不過「遊戲」本來就是好玩就好，規則不嚴謹也沒關係。而且如果是不夠嚴謹會更有趣，那就應該積極採納更能增添樂趣的方法。

這個遊戲的確很好玩……不，要說好玩好像也不太對，應該說很容易玩得太投入。碰觸安達這個行為，究竟是什麼時候開始在我心裡占有重大地位的呢？

明明長時間把內心的慌張寫在臉上應該會讓顏面神經很疲勞，安達的表情卻仍然在不斷變化。她說不定是平常沒跟我在一起的時候會儲存能量，才有辦法撐這麼久。

「嗯～」

「嗯、嗯、嗯～？」

「安達期待這趟旅行嗎？」

「宇螢？」

安達軟趴趴的語氣，讓我想起高中時期的她。

「應……應該……很期待吧。」

安達像是溺水的人在努力想呼吸到空氣一樣抬起下巴，竭盡全力地開口回答我的提問。

看來二樓的空氣對安達來說太稀薄了。我盯著她的下唇跟不時會瞥見的舌尖，說：

「我也很期待跟安達一起旅行。嗯，我特別喜歡『旅行』這個詞。」

「那個，島村，現在更重要的是……」

「有……我是島村。」

我聽到安達叫我的名字，就很有精神地回應她。雖然一下平靜、一下很有精神會顯得怪里怪氣，總之先全部當作是夏天害的吧。偶爾出現容易讓人腦袋短路的夏天也不算怪事。同理，即使每一年夏天都存在著近乎如出一轍的蟬鳴跟炎熱，卻也其實每年都會嶄露不同的面貌。就算我每一年都是跟同一個人在同一段時間兩個人一起享受夏天，也依然如此。

「沒事……」

彷彿刨冰在我們互相對望的這段時間當中融化成水，與糖漿合而為一——

安達帶給我這種印象的一句話，逐漸沒入糖水交融的水底。

「我大概知道安達想要說什麼。」

「真的嗎？妳真的知道我想說什麼？」

「那當然。」

其實我不知道。而且，要是我猜得出她在想什麼，就不好玩了。安達很驚慌地摀住自己像是流著通紅愛意的臉頰，看起來好像也不太希望自己的心思全被我看透。

成年以後變得比較穩重的安達在我們近距離接觸的時候，還是會顯露出她以前容易不知所措的模樣，也算是她的一種美德……美德？不對，不需要用到這麼艱深的詞來形容。只要用「可愛」這個簡單的詞彙來形容就好。

我的記憶有如看準了蟬鳴稍稍遠去的瞬間，在腦海裡掀起一陣浪濤。波浪又高又強，感覺不只是我的腳踝，是膝蓋以下都要被沖走了。被海水弄濕的雙腳冷得我渾身發抖，同時，我也瞇細雙眼，凝視起眼前這片大海。遙遠的白色星辰照亮了夜晚的海面，以及海面上那些年復一年的夏日回憶。

這幅景色不至於遠到我無法在沙灘上欣賞，可是也遠得我無法用游的靠近它。

那些「往事」跟現在的我之間，已經存在著一段遙不可及的距離。

「島……島村？」

安達對仍然緊抓著她的右腳，卻又僵著不動的我困惑不已。她大概想也想不到煽情的情境跟感傷的情緒會撐著同一支傘吧。

安達跟過往的回憶——我的雙眼因為試圖同時把兩者看進眼裡而失焦，導致我眼前出現好幾個安達。

我朝著分裂成好幾個人的安達飄忽不定的頭伸出手。

希望現在這幅景色，到了未來也能成為那片大海的一部分。

「祝妳幸福。」

「咦？呃…………咦？」

哈哈哈哈哈哈。

安達與島村，二十二歲。

兩人已經是盡自己的全力踏出腳步，就可能會成為一趟旅行的年紀了。

『Never8』

之前媽媽曾說「哦～原來現在的學校也會特地開放泳池啊」，或許現在的人不是那麼容易有機會去學校泳池玩。其實去泳池玩是我夏天白天最大的樂趣。那裡很涼，又可以游泳，還很好玩。再加上有很多朋友也會去玩，我沒理由不去。

我穿好泳衣，再重新穿好衣服，伸手拿起去泳池要帶的包包。我快步跑到玄關，發現自己煞不了車，就直接跳下去門口。

「我出門啦！」

「先穿好鞋子再走下去。」

「跑太快不小心跑超過啦！」

我回頭把放在櫃子底下隙縫的鞋子拉出來。穿好鞋子之後，我才想到自己沒穿襪子，不過就算了吧。直接站起來的我扭動著腳趾頭，覺得放在櫃子底下的鞋子連裡面都變得好熱。

媽媽抱著妹妹來門口送我出門。妹妹最近很會講話了，跟她一起玩也滿好玩的。

「記得小心陌生人跟路上車子。」

「好喔。」

「妳至少走出去一百步以內別給我忘記喔。」

媽媽掐住我的兩邊臉頰。

「尤其妳比較像我，會有點呆頭呆腦的。」

「什麼～」

這個事實太震撼了。

「難怪我總覺得自己好像呆呆的。」

「真不愧是我的孩子。」

「然後我今年的目標是要讓自己變成有點聰明聰明的。」

「嗯。妳加油。」

跟母親聊完以後，我決定也跟妹妹說一句話。

「吾妹啊，姊姊晚點回家就會變得很健康喔。」

「妳已經夠健康了吧。」

我的臉頰這次換被往左右用力捏。都是因為媽媽這樣捏，害妹妹也跟著學她伸手來捏我。

妹妹用她開心的情緒捏長我的臉。其實這樣也還不錯。

因為有很多開心的事情是好事。

「不知道小樽會不會來～」

「希望會～」

媽媽這聲聽起來很敷衍的附和，聽得我跟妹妹都異口同聲地笑了出來。

小樽不像我會天天去泳池，她有時候不會去。她說家裡有事情要做的時候不能去。她明

明還這麼年輕，真上進呀～

「對了，妳背對我一下。」

媽媽抓住我的肩膀，直接把我扳過去讓我背對她。

「妳要趁我睡著不注意偷襲我嗎？」

「別站著睡覺啦。」

我感覺到媽媽在梳理我的頭髮。她沒有把妹妹放下來，也還是能迅速地幫我梳好頭髮綁起來，耳朵附近瞬間變得好涼快。我用手指戳了戳綁得很高的馬尾根部。

「好了。反正天氣很熱，這樣也比較涼快吧？」

「嗯～」

我稍微用力動了動變涼快的耳朵。

「原來妳也會這招啊。」

「呵呵呵。」

「妳連這種比較無所謂的小地方都像我啊……嗯，妳去玩吧。」

「耶～」

我揮揮手，走向門外頭那片像是閃亮河面的耀眼世界。

我可以感覺到一陣無聲的熱浪迎面而來，讓我肩膀以下都泡在這團熱空氣裡面。夏天都是剛走出門的這個時候會最難受。我朝著強光的方向前進，就覺得自己好像是被太陽用指尖戳了幾下一樣。

我在走往學校的路上遇到其他朋友，他們馬上跟在我後面一起走，走著走著隊伍也變得愈來愈長。我笑著聆聽背後傳來的談笑聲，繼續走在隊伍的最前面。

我們經過綠色圍欄前面，繞到學校的正門口。我曾經挑戰爬圍欄進去，可是爬到一半就被人在學校裡的老師罵了。後來跟媽媽說這件事，媽媽也是說著「妳這個小笨蛋」打我的臉頰。她還特地自己彈手指配音。

結果隔天她居然很高興地跑來跟我說「我爬進去就沒被發現啊」。

太可惡了。

我走過因為掉漆而變得很綠的銅像，順便對它打招呼，再接著橫越連接校舍的走廊，就可以看見學校的操場。操場上有個地方的植物纏著鐵柱長出了一片樹蔭，先到的其他小朋友都在那底下等。那片樹蔭可以遮陽，乍看很涼快，可是很常有毛毛蟲掉下來，所以也有不少人不喜歡待在那裡。像小樽就是這樣。

我把卡片交給老師蓋章。我的游泳池出席卡到目前為止的每一格都有蓋章。蓋滿會不會有什麼好事就不知道了。但是看到卡片上的空格被蓋上印章，就會覺得心情很好。

用游泳池的時間是照班級來安排。今天我可以進泳池的時間比較早，還不到中午就能下水了。

我跟朋友一起用手指在地面的沙子上面畫圈圈跟叉叉，玩到一半，就到了做暖身操的時

間。大家會在游泳池開放前一起做早上也有做的廣播體操。有些人體操做得很隨便，也有人姿勢非常端正，而我是姿勢比較端正的那一邊。很意外吧！

因為我不喜歡把好玩的事情弄得不好玩。

要把不好玩的事情弄得很好玩很難。我們應該要好好珍惜原本就很好玩的事情才對。我前陣子跟媽媽說到這個的時候，她就故意跟我炫耀說「我就有辦法把不好玩的事情變好玩」。太可惡了。

我在做體操的時候，看到排在隊伍後面的小樽。一發現她今天有來，我就忍不住覺得好高興。

我有很多朋友，可是跟我最要好的是小樽。她叫樽見，所以綽號叫小樽。

不知道她全名叫什麼？

她也是一直只叫我小島，說不定連她也不記得我的全名。

做完體操以後，我的背部跟額頭都流了一大堆汗，好像被雨淋濕一樣。現在身體暖到就算會吐出一口白煙，也沒什麼好奇怪的。游泳池的門一開，大家就很有默契地往裡面走去，只有我回頭走往反方向。

「嗨。」

「啊，小島。」

我去找待在隊伍最後面的小樽。她今天穿著黃色的上衣跟藍色的褲子。我感覺好像在哪

裡看過這種配色，不禁從她的頭往下看到她的腳，在愣了一下之後才想起來是跟○雄很像。這讓我很想幫小樽戴上眼鏡，忍不住直盯著她看。小樽不知道為什麼好像有點不知所措。

我們晚了其他人很久才走進更衣室。更衣室的色調有點像石頭建築，整體偏暗，而且瀰漫室內的味道非常重，就好像游泳池的空氣全部濃縮在狹窄的空間裡面。再加上更衣室裡面人擠人的，很悶熱。夭壽悶。我其實不知道那是什麼意思，總之，更衣室裡就是擠到會覺得快窒息了。

「小島，妳的頭髮這樣綁好可愛喔。」

「對吧？呵呵呵，對吧？」

我搖頭甩動束起來的頭髮。晃得太大力，有點眼花了。

「是媽媽幫我綁的。」

「哦～」

我有點捨不得把頭髮放下來，可是我不能這樣進泳池，還是只能把橡膠髮帶解開。

「又變回平常的小島了。」

正在脫上衣的小樽看到我把頭髮放下來，就笑著對我這麼說。

我們每次一起來游泳池都會用相鄰的置物櫃。

「只是乍看跟平常一樣而已，今天的我可是別有一番風味喔。」

「哪種風味？」

「嗯～叢林風味。」

我一邊看著感覺頭上冒出一堆問號的小樽，一邊繼續換起衣服，途中還不小心用手肘撞到她。更衣室很小，很容易撞到其他也在換衣服的人的手肘或肩膀。不過我是先把泳衣穿在裡面才來的，可以大量減少不小心撞到別人的小意外發生。

我踩過出入口的竹踏墊，離開熱到不行的更衣室，在外面等換比較慢的小樽出來。等沒多久，腳底就燙得我忍不住跳起來。我趕緊跑去被淋浴間流出來的冷水弄濕的地板上避難。濺起水花的聲音悅耳到我又接連踩了好幾次地上的水。

一抬頭看往彷彿被藍天高高舉起的太陽，心情也莫名雀躍起來。我的身體表面被太陽曬得很痛，就好比是把陽光抹在皮膚上，相對的，心裡卻是充滿了期待。

嗯——我大力點頭，感覺到有股暖流從喉嚨流進肚子裡。

那是一種很溫和，而且在夏天的炎熱天氣底下也不會變得過燙的暖流。

我跟走出更衣室的小樽一起去淋浴，然後在消毒過腳部以後走上樓梯。我們像是追著大家發出啪啪聲響的腳步聲一般，來到游泳池。先來的人已經排好隊了，我們也跟著排到隊伍的最後面。

學校的游泳池左邊很淺，右邊比較深。右邊是給高年級學生游的。我曾經偷偷抓著用來隔開水道的水道繩，把腳伸去比較深的地方，發現自己根本踩不到水底。高年級才能去的地方果然不簡單。我要長得更高，才可以進到這個繩子的另一頭。而且我心裡也一直想要追上身高比我高很多的小樽。

就在我感覺到背上的水珠一下子就變得半乾了的時候，老師開始要我們照順序下去游泳池。一開始會先叫我們在每個水道排隊，用指定的游法游到對面。

這段時間只能直直往前游，比較不能自由玩耍。但是當輪到自己下水，把肩膀以下都泡在水裡時——

「啊～」

還是會舒服到忍不住發出讚嘆。水裡就像會連接到不同世界一樣，溫度跟體重都變得自在很多。我很想像水母那樣放鬆手腳力氣，在水面上飄蕩。可是隔壁水道的人都開始游了，我也只好在被老師罵之前開始往前游。

我很認真地游泳，頂多不時故意出拳頭。現在大家都還很安分。

大家最期待的都是最後的自由活動時間。

一到自由活動時間，所有人就會像把還沒煎好的什錦燒食材集中起來的時候一樣，同時在泳池裡濺起水花。我也搶在小樽之前先跳進游泳池裡，直接順著跳下水的力道游起來。游到一半，我就隨便挑了一個地方停下來把腳放下，再雙腳離地，蓄勢待發地準備在水裡面打倒從四面八方襲來的大批敵人！

我吐著大量的泡泡展開激烈攻防，等缺氧到手腳都快發麻的時候才連忙浮上水面換氣。沾在臉上的水滴順著曲線流下來，弄得我額頭癢癢的。

我原地打水到一半，跑來找我的小樽就喊出一聲「嘿呀！」，用她的手指敲打我的背。
「嘿！」「喝！」「看招！」我們用手刀互打了一段時間之後，小樽才問說：
「小島妳怎麼突然溺水了？」
「我剛才是在模擬被食人魚攻擊的情境。」
「食人魚？」
「那傢伙很可怕喔。」
我炫耀起昨天在電視上學到的新知識。牠牙齒那麼銳利，一定是獵食者。
「牠的長相超可怕的。」
「食人魚……魚……我沒看過食人魚，不知道要怎麼模仿牠啦！」
「牠會這樣。」
我用指甲假裝成牙齒，咬了小樽的手臂一口。
被咬的小樽看起來還是不太懂。
「呃～牠是一種鱷魚嗎？」
「NO，牠是食人魚。」
我用手指比出的食人魚把小樽的整隻右手吃光光。還滿好吃的。
「食人魚會出現在哪裡？」
「叢林。」

我不記得昨天看到的地名了，只記得是在森林的深處。

「小島妳以後會去叢林嗎～？」

「搞不好哪一天真的會去。」

沒有人猜得到自己一年後會吃什麼，可是人可以自己決定要吃什麼。

媽媽之前曾這麼說。但是我聽不懂是什麼意思！

「妳不覺得在叢林跟食人魚對打的機率比遇到外星人高很多嗎？」

聽說在宇宙裡面不能呼吸。應該就跟在水裡面差不多吧。

感覺好像有點好玩耶。

「妳這樣說……好像也沒錯耶！」

「對吧、對吧？所以我每天都在跟食人魚對打。」

「原來妳已經跟食人魚打架打很久了啊……」

小樽很訝異我已經設想到那麼遙遠的未來。她突然「啊」的一聲，似乎是突然想到了什麼事情，笑著說：

「那以後我跟小島去叢林玩的時候要是遇到食人魚，就交給妳打了。」

「包在我身上唄。」

我要像當地人一樣把抓到的食人魚烤來吃。唔～晚點也要學學怎麼烤食人魚才行。

「那小樽就負責打鱷魚了。」

「咦？」
「到時候全靠妳了。」
我覺得自己打不贏鱷魚，決定交給小樽去打。
「妳……妳真的要我打鱷魚嗎？」
「Shar～k！」
「那是鯊魚。」
「……Shark。」
我突然很想像鯊魚一樣沉進水裡。我一邊吐著泡泡，一邊回想鱷魚的英文是什麼。鱷……鱷……鵝～玉～
我像鱷魚一樣把半張臉露出水面慢慢游，在游了一大圈以後才回來小樽旁邊。
「小島，妳回來啦。」
「臉頰涼下來了。」
這下我又可以繼續抬頭挺胸地面對小樽了。
小樽看到我恢復精神好像也鬆了口氣，開心地笑了出來。
「希望我們以後真的有機會一起去叢林玩～」
「咦？妳想去嗎？」
可是叢林裡面的危險跟那裡的樹一樣多耶。小樽意外的有印第安那瓊斯精神。她搞不好也很喜歡探險隊。

被還沒有機會親眼看到的食人魚嚇到往後傾的小樽到現在都還沒挺直身體。她開始四處張望，看了看這個泳池的每個角落。

附近其他蹦蹦跳跳在玩水的人掀起的小波浪讓小樽的手肘跟著水面搖擺。她露出像是軟綿綿的糖果一樣的甜甜笑容，說：

「如果可以跟小島一起去，我就想去。」

我聽到有人游泳的打水聲劃過耳邊，風也在晚了一拍以後跟著吹來。

小樽是我最要好的朋友。

我覺得我們永遠都會是好朋友，完全沒辦法想像我以後去哪裡玩的時候，會看不到小樽陪我一起來。至少現在的我，是可以清楚知道「自己一年後會吃什麼」的。

所以——

我也覺得如果可以跟小樽一起去，好像也滿不錯的。

我像獅子一樣把這種心情吼出來。

「Shar——k！」

「那是鯊魚啦。」

我靠著衝勁忽略掉小樽的糾正，用手指比出來的魚吃了她四次。

「好奇怪喔。」

「什麼東西奇怪～？」

我們離開泳池，在更衣室的角落換衣服的時候，小樽突然對著我聞了幾下。

「我們明明是一起進去泳池的，可是小島身上的氯味比較重。」

「氯味？」

「泳池裡面的那個氯。」

「原來泳池裡面有這種調味祕方……」

難怪我老是覺得泳池的水味道有點怪怪的。

我大力擦了擦頭髮，看向剛才拿下來的髮帶。出門的時候是媽媽幫我綁的，現在沒有人可以幫我綁，要怎麼辦？

「唔～……」

我一邊把髮帶一圈圈纏在食指上，一邊想辦法。

沒多久，我就決定自己綁綁看，抓起了還濕濕的頭髮。我把頭髮抓成一束，嘗試把髮帶套上去。感覺勉強可以綁在比較低的地方，但是不知道為什麼想要跟剛才一樣綁在比較高的地方，就會變得很難綁。我一直綁不好，忍不住用力拉了一下頭髮，就傳出了「喔哇——」的哀號。是我發出來的哀號。

「小島，要不要我來幫妳綁？」

在換衣服的小樽大概是有看到我一直綁不起來，主動想要幫我。

「小樽妳會綁嗎？」

「當然會。」

「那就交給妳綁綁樂了。」

「妳在說什麼我都聽不懂呢，小島。」

我把髮帶拿給小樽，轉身背對她。

「妳不可以趁我睡著不注意偷襲我喔。」

「小島可以站著睡覺嗎？」

「努力一點應該可以。」

尤其是游泳游了很久以後。

我好幾次感覺自己的睡意像是泡泡一樣往上飄，飄著飄著又會破掉。

小樽在我打瞌睡到一半的時候，幫我把頭髮綁好了。我先到更衣室的牆邊看看髮帶綁住的地方，再轉身面向小樽。我動了動不再感覺到有頭髮蓋住的耳朵。

「我很喜歡綁完會覺得頭變輕的感覺～」

「嗯，小島……妳這樣很可愛耶。」

「呵哈哈。」

她這句誇獎聽得我都要高興到忍不住臉頰上揚了。感覺就像她的話變成蟬的翅膀，一直拍到我的臉。

「可是綁得有點太右邊了。再讓我重綁一次。」

「啊，沒關係啦。小樽有幫我綁好就好了。」

我躲過小樽本來想抓住我的頭的那雙手。我一邊喊著「呀～」一邊逃跑，卻不知道為什麼突然聽見小樽的笑聲。

「妳在笑什麼？」

「因為小島跑步的樣子很奇怪啊。」

「什麼！」

我低頭看向自己雙手往前伸直的跑法，這樣跑有很奇怪嗎？

先不說這個了——我把手掌打橫，說：

「小樽……真正重要的是心意喔。」

泳池濺起的水花聲傳進了更衣室。

「妳的心意應該就在這裡吧。」

我抓起束起來的馬尾最尾端。摸起來還濕濕的，就像沾了墨水的毛筆。用力一捏，還會滲出水滴。小樽的心意有點涼涼的。

小樽微微低下頭玩著手指，說：

「有很多心意……嗯。裡面有很多我的心意！」
「那看來還是留下小樽的心意比較好。」
這下這件事就圓滿落幕了，呵呵呵。我笑著替這個話題作結。
因為換衣服才換到一半，泳衣跟衣服都沒有穿好的小樽也點點頭，同意我的結論。
等小樽也換好衣服以後，我們才一起離開更衣室。我感覺身體搖搖晃晃的，好像還在水裡面一樣。晚點吃完午餐發呆的那段時間，會是心情跟身體最放鬆的時候。這種感覺跟「很開心」又不太一樣。我偶爾會想什麼叫做「幸福」，應該就是指最放鬆的這個時候吧。
「小島，等一下可以去妳家玩嗎？」
小樽看著我的臉這麼問，同時用腳去彈手上的游泳包包。
「妳現在就跟著我去我家就好啦。嗯，我這個提議聽起來聰明聰明的。」
「可是我還沒吃午餐啊。」
「啊，說的也是。那，我也回家吃午餐等妳來玩。」
我本來還想吃完午餐睡個午覺……啊，對了。等小樽來再一起睡午覺就好了。
嗯，我又離聰明更進一步了。
「不知道小島的妹妹還記不記得我。」
「很難說耶～她有時候連我都會忘記。」
「是喔～明明小島的長相看過一次就很難忘記了。」

就很多方面來說都很難忘——小樽有點急促地多補充了這一句。

她居然可以仔細分清楚是哪幾個方面，還可以全部對到「難忘」這個答案，真聰明。

「那我們等等見嘍，小島。」

「再見～」

我跟小樽在有引水道的轉角暫時先分頭回家。看到小樽走到一半開始用跑的，讓我也開始猶豫要不要學她，但是又想到之前媽媽罵我別用跑的，就還是決定快步走就好。

不知道是不是腳底有滲出小島出品的汗水，感覺鞋子裡面濕濕的。

我每走一步，眼皮就變得比腳步還要更沉重一點。我好像在泳池玩得有點太過頭了。

可是泳池就是那麼好玩啊～

只是等等小樽會來家裡，要想辦法醒著才行。我用力睜開眼睛，弄得眼睛底下痛到好像快要蒸發掉了一樣。痛完好像也比較沒那麼睏了。

我對著天空大大張開嘴巴，咬起某種看不見的東西。

被臼齒咬碎的那個看不見的東西，在我的心裡逐漸膨脹起來。

過一陣子去外公家玩，就可以去找小剛了。

還可以順便去找隔壁大姊姊玩。

暑假有好多好開心的事情。

「好希望這麼棒的暑假永遠都不要結束喔。」

暑假剛開始的時候還可以很悠哉地覺得暑假好像永遠都不會結束，但是一回過神來，就會發現已經剩下沒多少天。明明每天都過著差不多的生活，卻好像只有我自己的時間一直在往前走。

走著走著就升上了小學，再多走幾年就會升上國中，以後還會升上高中。

這應該是一件很棒的事情。

可是又會很不希望暑假結束。

我真是太哲學了。

希望就算暑假總有一天會結束——

也能夠有機會多延長一兩天。

我懷著感覺每一個小學生都會有的平凡心願，走在大太陽底下。

一走到左邊是稻田，右邊是柿子田的這條路，聞起來像是土乾掉的味道也跟著變濃了。

我的視線忍不住飄向從這條路前面往這裡走過來的小朋友身上。

她的皮膚白到幾乎要跟背後白天的天空融合在一起了。她的身高應該比我高，卻駝著背，讓她頭的位置變得比較低。有點偏藍的黑髮底下可以看見她瞇細的雙眼，跟難受到糾得很緊的嘴唇。

給人的印象就是不會去泳池玩耍的她，身上完全沒有氯味。

我就這麼跟似乎覺得很無聊的陌生女孩擦身而過。

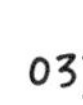

她看起來一點也不像會希望暑假能放久一點。

我大概是因為很少看到她這樣的小孩子——

「玩得開心點吧。」

我故意講得很小聲，沒有想讓她聽到，結果她卻突然轉頭看過來，反而是我嚇了一跳。

路過的女孩或許是因為被沒有打算對話的陌生人搭話，她背脊挺得比走路的時候還要直，我這才從她有點憂鬱的表情中發現她看起來比我大一歲。

我朝著黑髮女孩大力揮手打招呼之後，她就急忙回頭繼續往前走。

我又順便多揮手幾次，對她說了聲拜拜。

「嗯。」

妳或許覺得很無聊。不過，我覺得充滿歡笑。

既然都跟妳說要玩得開心點了，我當然也要玩得開心。

陌生的女孩，祝妳有一天也能跟上我的腳步。

哈哈哈哈哈。

『little ancestor』

一聽到蟬的叫聲，就會忍不住想看往遠方。

會心想「喔，感覺那些蟬就在那裡呢」。就這樣而已。怎麼說，就是會覺得自己跟周遭的世界之間出現小小的隙縫。

會有一點點脫離了束縛的感覺。

算了，這不重要。我穿上鞋子，抬起頭，等了五秒鐘。

「嗯。」

只有聽到蟬叫聲。

「好～來去超市吧～」

我對著正前方的門這麼說完，就聽到走廊中間突然傳出腳步聲。簡直像突然出現在走廊上一樣。

「媽咪小姐，我也要一起去。」

「喔，妳今天是海豚啊。」

我一回頭，一個海豚造型的外星人就踩著輕快的腳步，用一般人類根本不可能辦到的角度跳過我頭上，輕盈地降落在玄關。但是更重要的是——

「先穿好鞋子再下來玄關。」

「跳太大力不小心跳超過了。」

海豚走回來穿上我前陣子買給她的人字拖。海豚的腳指甲很亮。她水藍色的指甲散發出淡淡的光芒。而且指甲的曲線更讓她的腳趾上面彷彿有海浪。

我把這隻海豚抓到身後，海豚就一步一步爬到我的頭上來。我最近學到了一個教訓——讓她在地上走，她一定會到處亂跑，所以這樣揹著她走反而最輕鬆。反正她壓在我頭上也不會很重。

而且我有時候會看到她飄在空中，搞不好不用抓著別人的頭也沒關係。

「妳要抓好喔。」

「好～」

這世上有騎海豚的少年，但一定很少有機會看到扛著海豚的女人。

這趟行程的起點充滿了一般沒機會享受到的獨家體驗。

外頭的氣溫就好比吃到太陽拋下的魚餌，被高高拉起，早上還有點清爽的環境已經蒸發得無影無蹤。我出於好玩把食指伸向天空，就覺得蟬鳴聲好像停在了我伸出的手指上。

好幾道蟬聲一同撼動我的記憶。

這一陣晃動，也晃出了一些過往回憶。

有如不經意瞥到一個把過去的每一次夏天隨便塞在一起的紙箱。

而我的意識一回到現在這個夏天，就看到不知道是海豚的鰭還是尾巴一直不時甩到我的

臉旁。

「我上一次在水族館看海豚，搞不好已經是讀小學那時候的事情了。」

我說的不是我女兒，是我自己讀小學的時候。找機會去逛逛很久沒探訪的水族館，應該也不錯。

過一陣子再全家人一起去吧。

「哦，水族館啊。」

「妳有去過嗎？」

「沒有，但是我曾在跟爹地先生一起看電視的時候看過。」

「是喔。」

如果有機會去，就帶這傢伙一起去好了——我的腦海裡隱約閃過這個想法。

每個在路上跟我們擦肩而過的人都會回頭再看一次我的頭上，有點好笑。畢竟是在陸地上看到海豚出沒，再加上這隻海豚的嘴巴又咬著一顆頭。全身上下都很有趣是好事。

「來，海豚，提供一點話題。」

我在停下來等紅綠燈的時候要求海豚幫忙打發時間。

這個借住在我們家的小傢伙常常會講些很耐人尋味的話。我光是在每次來回超市的路上，就已經聽過差不多三十種宇宙自古至今的演變歷程了！

我跟老公炫耀這件事，他就說「喔，那很好啊」。他那個「喔」的語氣有點教人火大。

「妳就講講上次那件事的後續吧。」

「上次……上次是聊到什麼？」

「我也忘了。」

我忍不住發出「哈哈哈哈」的笑聲。

「妳隨便講個聽起來很像後續的話題就好。」

「我想想……那就來說說前陣子小同學餵魚還順便給我魚飼料這件事吧。」

「居然不是宇宙的話題～！」

但是好像滿有趣的，於是我就這麼邊走邊聽她講，聽著聽著就到了常去的那間超市。

感覺一聞到超市帶有點魚腥味的冰涼空氣，就會覺得眼前為之一亮。某種獨特的亢奮情緒會輕輕搔弄我的皮膚，還會讓腳變得像是跟鞋子合而為一，走起路來輕盈無比。

「媽咪小姐，零食區在那邊喔。」

「我們今天不會去那裡。」

「哎呀？」

陪我一起逛蔬菜區的海豚發出「唔～～」的聲音。不久，她就默默把鰭指向前方。

「零食區在那邊喔，媽咪小姐……」

「這個導航也太任性了吧。」

只會把人導向自己想去的地方的導航好像也滿新奇的。

這傢伙還真像我。

「喔，我想起來了……真懷念。」

以前也有跟著來的小傢伙會推我的腳，要我過去零食區。會一直跟我說「往那邊走～」。被我抓著脖子去我要去的地方的時候，還會吵吵鬧鬧的呢。

我會覺得很懷念，應該就是因為這種跟小孩子一起來超市的感覺吧。

尤其現在小女兒也不會跟我來超市了。

原來如此。我不禁戳了戳海豚小小的鰭。

「怎麼了嗎？」

「沒事～」

一走到肉品區前面，就跟平常都負責這一區的店員婆婆四目相交。

她個子很矮，沒有特地往裡面看，會只看到展示櫃後面有頂帽子而已。

「嘿！」

我搶先用高中棒球少年風格對她打聲招呼。店員婆婆說了聲「哎呀，妳好啊」，同時很驚訝地看向我頭上這隻海豚。

「這樣不熱嗎？」

「這傢伙涼涼的，夏天給她這樣貼著會很涼快喔。」

她的冰涼觸感不像冬天那麼冰，是很舒適的那種涼。應該很接近杏仁豆腐的溫度。

「妳好～」

已經見過店員婆婆不少次面的海豚也對她打了聲招呼。

「妳們感情真的很好呢。」

「我跟媽咪小姐是好朋友喔。」

「是媽咪又是朋友？」

「媽媽也可以同時是小孩子的朋友喔。」

不是因為對方是自己的媽媽，就要無條件地愛對方……是正因為對方是自己的媽媽，才更應該想想自己希望從媽媽身上得到什麼。一段人際關係的答案就是要像這樣找出幾個點，再自己想想中間的線要怎麼連起來。

所以假如我女兒想跟媽媽當朋友，我當然會認真面對女兒的想法。

就算是想當媽媽的女朋友，也還是會先聽聽看女兒為什麼會這麼想。

一離開肉品區，頭上的海豚就彎下來看著我的臉。臉上的陰影是明亮的水藍色這點也很新奇。

「跟媽咪小姐是朋友會很奇怪嗎？」

「不會啊。」

我這麼回答之後，海豚的嘴巴跟眼睛都變成了平平的一直線，形成一道笑容。

「呵呵呵，我們感情很好呢。」

心情很好的海豚用她的鰭拍打我的頭好幾次。

「嗯，我們應該算是感情好吧？」

「媽咪小姐這種說法好像島村小姐。」

「……哼哼。」

因為我也是島村小姐啊。

結完帳以後，我走往面向店外的一塊細長區域。把籃子放上這一區的桌子，再把買好的東西塞進包包裡——不過，一低頭就會讓海豚的尾巴也跟著垂下來打我的臉頰，很礙事。

「妳先下來。」

「好～」

海豚迅速從我背上滑下來，回到地上。這隻海豚是可以用兩隻腳走路的海豚。

她一直在旁邊抬頭看著我，於是我舉起手上的白蘿蔔。

「哇～」

海豚也舉起她的兩隻鰭。

我又接著把白蘿蔔快速放下來。

「喔喔～」

這次變成往後仰了。

我很欣賞她可以讓人輕鬆看出她只是隨便做個反應。

因為我自己也只是隨便玩玩。

我陪外星人玩了一下，也把買來的東西全放進包包之後——

「好，再上來吧。」

「哇～」

海豚發出跟看到白蘿蔔的時候一樣的歡呼，跳到我背上。

「對了，妳的父母都不會說什麼嗎？」

「說什麼？」

一步步爬回我頭上的海豚一邊把腳放上我的肩膀，一邊問道。

「因為妳每天都待在我們家啊。他們不會偶爾想見妳一面嗎？」

我自己也是為人父母，當然多少還是會在意。

「我的爸爸跟媽媽嗎？嗯～……不知道耶。」

「不知道？」

「我也不知道該怎麼定義。」

「哦，看來妳父母是很多元的人啊。」

她的家庭環境似乎很複雜。我有點想見見看她的家長。

我跟來超市的時候一樣把海豚扛在頭上，悠悠哉哉地踏上返家之路。路上還看到有些人被海豚嚇到，又或是朝她揮了揮手。我臉部周遭的熱氣簡直像全部被海豚吸收了，幾乎感覺不到夏天特有的潮濕熱氣。真方便。

走到一半，我就在沒有響鈴的平交道前停下腳步，看向某間店的黑板，確認它是不是還在營業。

好。

「偶爾也帶妳去一下時髦的咖啡廳吧。」

「時髦。」

我對舉起拳頭表達喜悅的海豚露出笑容。她表達喜悅的方式跟動作都和小女孩一樣。

「可是外面寫著『冰』耶。」

「超時髦的喔。」

外星人直盯著地球的文化，發出「哦哦～」的讚嘆聲。嗯。

我今天也是個很有文化氣息的人。

這間已經有點年代的狹窄咖啡店裡只有兩組餐桌席跟櫃檯座位。

我不知道整體裝潢偏褐茶色是因為很多木頭裝潢，還是單純是歲月留下的痕跡。這裡就好像在洞窟裡面擺了很多家具，視覺上會給人很冰涼的印象，或許剛好適合在夏天來消暑。

「歡迎光臨！」

我在對方說歡迎光臨之前搶先喊出口。櫃檯裡的老伯瞇著眼睛抬起頭，似乎覺得很吵。我就是想看到他這一臉厭煩，好像在說「呃，麻煩的傢伙來了」的有趣表情。

「今天我自己就是客人！太棒了吧！」

「妳都不會覺得自己的嗓門很大嗎？」

「嗯？不會啊。」

「我還真羨慕妳這種個性啊。是說……」

老伯的視線直直盯著海豚。

「你好～」

「……這還是第一次有海豚對我打招呼。妳好。」

他很感動地說「不枉費我活這麼久」。這個老伯還真容易被感動。

「我本來就覺得妳這個人很奇怪了，沒想到妳會怪到有個魚女兒。」

「啊～因為我老公有百分之八十的半魚人血統。」

「難怪……」

他覺得這個理由合理就好。

雖然海豚不是魚類。

「我叫知我麻社。」

「哦～原來妳叫這個名字啊。」

我現在才知道她叫什麼名字。不對，以前搞不好聽過，只是我忘了。畢竟平常又不會需要叫她名字。我可以一下子就記住別人的長相，卻莫名容易記不住別人的名字。安達妹妹她媽媽的名字也是記不太清楚。

好像是叫櫻……華……櫻華。對，她叫櫻華。好典雅的名字。

「妳這個當媽的怎麼連小孩的名字都不記得啊？」

「我會好好反省～好了，隨便點個妳喜歡的吧。」

我叫海豚想想自己要喝什麼。不知道海豚平常都喝什麼……海水嗎？

「來時髦的咖啡廳就是要喝法布奇諾吧！」

「哦，妳連這個都知道啊。」

「呵呵呵……我昨天看到爹地先生用電視點的。」

「可是這裡沒有那種東西。」

「什　麼　～」

「妳仔細看，這間店哪裡有法布跟奇還有諾了？」

仔細找搞不好還找得到哪裡藏著「奇」。法布跟諾聽起來應該會坐在車站前面的羅多倫咖啡那附近。

「妳這個絕對不會去喝法布跟奇還有諾的女人還好意思這樣說啊。」

「啊？我可是每天都在跟女高中生喝茶耶。」

我沒有說謊。先不管法布奇諾了——

「妳要不要吃吃看刨冰？感覺妳應該會喜歡這種食物。」

我在家應該沒有給她吃過刨冰。倒是這間店真的有刨冰嗎？店門口一整年都掛著「冰」的旗子，天曉得是不是掛好玩的。

「刨冰很時髦嗎？」

「會讓妳全身上下都時髦得不得了。」

「那我就來吃吃看刨冰吧。」

「好，一份刨冰。」

原來真的有啊。我不禁為這間店真的有刨冰這種小事覺得好感動。

「我要豬排咖哩～！」

「謝謝妳的自我介紹。妳喝冰咖啡可以嗎？」

「我真不希望你把豬排的部分去掉。」

他揮揮手要我趕快坐下，別囉嗦這麼多。走的時候還順便捏了一下海豚的尾巴。他好像很在意這隻海豚。

海豚跳過我的肩膀，不偏不倚地跳到了椅子上。看來就算沒特地帶她去學特技，她也有能力登台表演。乾脆來開間水族館吧。可是我們家只有一隻海豚，而且搞不好明天就會變成長頸鹿或老虎，再加上家裡的魚缸也只有很小條的魚。我的水族館計畫得面臨一堆問題，感覺早早就要被迫放棄了。

「我居然會在時髦咖啡廳享受悠閒時光，看來我也已經很習慣這顆星球的生活了呢。」

雙鰭環胸的海豚發出「呵呵呵」的笑聲，看起來很自豪。

這麼說來，這傢伙為什麼要來地球啊？是來觀光嗎？

我坐到海豚對面，一邊小心翼翼地放下包包，一邊凝視眼前這隻海豚。

海豚的眼睛就算是在大白天底下，也看得到裡面有一片宇宙。那片宇宙裡有未知的大片星雲，還有沒看過的星星在發出強烈閃光之後消失，甚至有不斷反射的光線描繪出複雜交錯的圖樣，形成她的瞳孔。然而那些光芒最後都會被中間的那塊黑暗吸收殆盡。

而那塊黑暗當中又會再閃現新的光芒，以及新的宇宙。

這段輪迴只存在無限次的起始，沒有結束。

真不知道該說她像包羅萬象的宇宙，還是很奇妙，又或者是海豚。

「妳真是個奇怪的生物。」

「呵呵呵，論這點我還贏不過媽咪小姐呢。」

「妳說啥？」

妳的意思是我一個平凡的媽媽會比端坐在超時髦咖啡廳的椅子上的海豚還要荒唐嗎？

可是把這個問題拿去問老公，他搞不好真的會說「對啊」。很久之前他也曾說我「很前衛」。

我大概是比辣妹更高幾階的進化型吧。

「話說，剛剛談到父母的時候妳說不知道怎麼定義，是不知道該算爸爸還是媽媽嗎？」

「這個嘛～仔細想想，正確來說，應該是我沒有可以稱為父母的存在。」

「啊？」

已經不是爸爸還是媽媽的問題，是根本沒這號人物了。在我好奇追問之下，這隻海豚開始講起自己的身世，打發刨冰端上桌前的閒暇時間。

「我們以前曾經是同一個個體。應該是在這個世界誕生的那一刻，就不知不覺來到這世上了。我們後來分裂成二十八個個體，也不知道是基於某種未知的特殊原因，還是完全不存在任何理由。一開始只有核心個體擁有自我意識，其他好像都是時間久了才漸漸產生自我。我是很晚才出現自我意識的個體，所以我也只是聽說的，不太知道詳情。而我們一直到了二十八個分裂體全部都產生自我意識的時候，才發現根本不知道要怎麼融合成原本的單獨個體。」

「喔～怎麼這麼傻啊～」

就像是自己把故障的時鐘拆開來，結果組不回原本的樣子。

「所以我們也放棄變回單一個體，開始各自在宇宙裡遊蕩。」

「原來還有那麼多跟妳一樣的外星人啊。哇～聚在一起一定很刺眼。」

「有的個體繼續在宇宙裡飄盪，也有一直在睡覺，或是拿著長槍到處跑的個體。大家都過得很隨性。」

「有的還會吃別人幫她買的刨冰呢。」

「呵呵呵。」

海豚把杯子裡的水一口喝光。她開心地晃著杯子裡剩下的冰塊，發出匡啷匡啷的聲音。

「既然妳是從宇宙誕生的時候活到現在，那也活滿久了嘛。」

應該吧。

「我一直到不久之前才產生自我意識，才六百歲而已，但是可以活動的時間大概是八億年。八億年之後，我會先暫時進入休眠期。」

「休眠期？」

「到時候會先停止活動約兩萬年，等待粒子重新組成。這段期間結束之後，就會再重新進入活動期。」

「哦～」

她提到的數字都好大。害我開始夢想自己的存款能否也像她提到的數字一樣瞬間暴增。

「之後又會再活動八億年嗎？」

「沒錯。」

「這麼說來，妳就是不老不死的嘍？」

「不老不死……唔～？」

「就是不會變成老人，也不會死掉的意思。」

先不說不會死這一點，至少我很羨慕她不會老。

「嗯，要這麼說也沒錯。」

她馬上給出肯定答案。這傢伙的外表明明長得跟普通人差不了多少，原來是這麼厲害的生物。

我女兒真是撿了個不得了的東西回來。

而且安達妹妹也滿怪的，我女兒說不定有容易吸引到怪人的體質。

「不老不死會很奇怪嗎？」

這傢伙常常會在意自己會不會很奇怪。她總是說自己要能融入人群，不可以太醒目，是在等人吐槽她平常穿的動物衣服嗎？

「當然奇怪。因為人類沒有能力做到不老不死。」

「呵呵呵，所以我不是人類嗎？」

外星人用試探的語氣這麼問。我打量起她的全身上下，的確怎麼看都不像人類。

「妳不是海豚嗎？」

昨天是水母。

海豚揮了揮自己的鰭跟尾巴，在四處張望了一陣之後笑著說：

「說的也是。」

「對吧？」

她果然是在等人吐槽啊。啊～她鋪哏也鋪真久。

我同時心想，既然她沒有爸爸跟媽媽，那就讓她繼續叫我媽咪小姐吧。

聊著聊著，刨冰跟冰咖啡也端上桌了。這個老伯做事隨便到點冰咖啡可能會來一杯冒著熱氣的咖啡，但今天端上來的是冰的沒有錯。

至於刨冰則是單純用視覺上很清涼的透明容器裝著一碗冰，沒有另外加上水果跟冰淇淋。老伯把紅藍綠三種顏色的糖漿放到海豚面前。

「加妳喜歡的糖漿來吃吧。」

「哇～」

「你怎麼對她特別好？」

我的冰咖啡就沒可以自己加牛奶耶。

老伯看了海豚的頭一眼，極為面無表情地說：

「因為我喜歡海豚。」

「那我呢？」

「我已經到了會覺得豬排咖哩口味太重的年紀了。」

「你保重～」

我乾脆把冰蜜糖漿加進咖啡裡面算了。海豚猶豫了一段時間，最後決定拿藍色的糖漿淋到眼前的冰山上。藍色的液體滲進冰山的隙縫當中，使得透明的冰逐漸染上色彩。

感覺就像是這隻海豚正在對這個世界做的事情。

「那麼，我要開動了。」

「好喔。」

「媽咪小姐，妳是否需要回禮呢？」

她講到一半，語氣就突然變得很像機器人。

「回禮？」

「媽咪小姐想要什麼都儘管說，別看我這樣，我可是很厲害的喔。」

「但妳平常笨手笨腳的，我反而不知道該跟妳要什麼回禮。」

她不管是洗碗還是掃地，都會讓旁邊的人看得膽戰心驚的。

「我可以實現妳任何願望喔。」

她講得很肯定，於是我也認真陪她思考這個問題。

「任何願望啊……我其實也有『想要征服世界』這種老掉牙的夢想……可是叫別人幫自己實現這種願望，不是很沒成就感嗎？如果是『想要九兆圓』之類的夢想倒還會很高興有人幫自己實現，可是直接收下別人幫忙征服好的世界，就很空虛了。雖然跟妳拿九兆圓也不是不行啦，只是我也捨不得放棄征服世界的夢想。」

「喔～」

海豚愣愣地張著嘴巴。她的表情很明顯是聽不懂我在講什麼。

不過，這種差異也的確很難用言語表達。該說是差在過程跟結果的重要程度上嗎？

上了年紀的腦袋很難明確找出這個問題的答案。
「總之，簡單來說就是這世界總有一天會被我征服就對了！」
「喔喔～」
「妳征服了世界以後也要記得付餐錢啊。」
「那這樣征服世界也沒有好處嘛。」
我乾脆放棄這個夢想好了。
小孩子懷抱夢想的話，很可能長大以後真的有機會實現，但成年人應該還是秉持著不一定會實現的心態懷抱夢想會比較剛好。
所以再來就只剩下九兆圓這個願望，可是跟外星人討錢百分之百會以失敗收場。外星人一定會大量複製我拿給她的紙鈔，搞得我之後會因為用了偽鈔被警察逮捕。明年的伊烏雷卡小姐就是我了。
「啊，對了。那妳分一口刨冰給我吃吧。」
我不只好幾年沒看過海豚，刨冰也一樣好幾年沒吃過了。趁這個機會品嚐一下也不錯。
「反正是妳要送我東西，送這種簡單的就好了。」
而且這份刨冰是我請她吃的，她其實沒有拒絕的權利。
海豚先是愣了一下，才靈巧地笑著用鰭握起湯匙。
遞過來的湯匙上面裝了一大塊刨冰。來到我面前的刨冰跟手指都是一片青藍。

「我認為媽咪小姐這種個性很值得讚賞喔。」

「我認為我全身上下都很值得讚賞喔～」

哈哈哈哈哈哈哈哈哈。

『Ever15』

我急促的焦躁情緒，恰巧跟籃球彈跳的聲響完全同步。

我很喜歡籃球敲響地面的聲音，它聽起來彷彿是直接敲響我的心臟。

不知道蟬是不是也不習慣早起，黎明時分聽不到多少蟬聲。現在就好比一直有一片溫熱的簾子掛在眼前——我在這樣的氣溫當中，走在街區的路上。感覺只有籃球打在地面上的那一瞬間能夠劃開夏天的悶熱空氣。

我在進到暑假之後依然悶在我心裡的某種情緒驅使之下，獨自拿著球走出門。雖然外面一大早就悶熱到不行，但至少太陽還沒有很大。

離開家門一段時間以後，我才想起沒有跟父母講要外出，不知道晚點會不會被罵，忍不住覺得胃部一陣刺痛。現在的我不只不想看到父母的臉，回到家也覺得跟他們說話很麻煩。

我知道自己明顯進入了叛逆期，可是又整個人都提不起勁，所以一直無法脫離這樣的狀態。

我走到離家很遠的地方，過一條長長的橋。它不算大，是從橋上到橋下的距離很長。從轉了好幾圈的螺旋橋來到下方，看到無人打掃導致邊角已經發黑的長椅，還有一樣缺乏清理的籃球架。我走到六角形的磁磚上，也依然不停下正在運球的手，並同時確定沒有其他人在用籃球架。也對，現在時間還這麼早。

頂多只有狗跟出來散步的人會經過這附近。

我慢慢靠近籃球架，在不算近也不算遠的距離輕輕扔出籃球。鏗——球打中籃框的前端，無力地往下墜落。我撿起在地上彈跳了一次的球，決定這次先確實擺好投籃的標準動作，再朝籃框投球。這裡的籃球架跟體育館的不太一樣，需要再稍微調整一下力道，才能投進去。

投籃是我唯一會主動練習的項目。因為投籃是最好玩的。運球一開始練習起來也可以清楚感覺到自己有在進步，很有成就感，但自從我一直不傳球給別人而跟其他籃球社員吵架，就不怎麼感興趣了。應該說，我還是很喜歡用球敲打地板的感覺，只是不在乎能不能贏過別人。這也讓我練籃球變得總是以投籃練習為主。

單純把球扔出去的簡單動作可以立刻看到成果這一點，或許就是我可以持之以恆的原因。大概是因為我眼光比較短淺的緣故。然而，我似乎又會對未來感到一種難以清楚形容的不安。明明只會注意近在眼前的事物，又同時想著遙遠的未來。

我知道這種矛盾讓自己很煩躁，卻也無可奈何。

而我對這份焦躁的來源也是無能為力。

與朋友漸行漸遠也不去挽回。

跳起來、投出去，再撿回來。不斷在球跟籃球架之間走動所產生的疲勞，能讓我的腦袋在不久之後開始不再煩惱一些不必要的事情。我會喜歡睡覺，說不定也是這種逃避心態所導致的。

而我練了這麼久的投籃，仍然沒機會在國三的夏季大賽上場大顯身手。我之前跟顧問吵架，惹得顧問故意讓我坐冷板凳直到社團活動結束的那一天。我其實沒有覺得多不甘心。因為我一直到最後，都沒有產生想在籃球隊裡闖出什麼名堂的想法。

……或許顧問不讓我上場比賽是對的。

我的籃球技巧只有沒機會派上用場的投籃在一點一滴地進步，卻迷失了它的存在意義。

「哦，投進了。」

或許是因為碰巧沒有汽車經過的聲響。

我聽見背後傳來只能算是自言自語的小小呢喃。我把視線從地上的球移開，回頭看往聲音傳來的方向，才發現有人不知道從何時開始坐上那張髒長椅。

這一回頭，也正好跟長椅上穿著和服的女子四目相交。

她的打扮跟長相都不是我平常生活中有機會見到的，讓我有一瞬間有些意外。

女子沒有為我們四目相交感到驚訝，臉上還掛著親切的笑容。我當然從來沒見過她。她散發出的氣息很明顯跟每個在鎮上擦肩而過的人不一樣。

她給人……一種透明的印象，彷彿在看著一大塊冰。

是不是應該用「高雅」來形容她才對？

總之，簡單來說，就是比較像大都市來的人。

這個很有都市風格又比我年長的女子到底是什麼人？光是被她靜靜地看著，都會讓人很

不自在。可是我沒什麼話題好說，也沒理由跟她說話，就這麼走去撿地上的球。

把球撿起來以後，我又順便回頭看了一眼。她當然還在。

穿和服的女子面露微笑，視線一直停留在我身上。這樣好不自在。我用視線表達她很礙事，卻完全沒有任何效果。而且她明明是帶著微笑看向我這裡，又顯得好像沒有在看著任何地方。是說，那張長椅那麼髒，她就這樣若無其事地坐上去沒關係嗎？她看起來很習慣穿著一身昂貴和服，卻好像不怎麼在乎椅子不乾淨。

我一大早來這裡也同時是想一個人靜一靜，為什麼偏偏就在這種時候會遇到別人來打擾？感覺一直有道視線刺在我背後。我用籃球敲響地面，仍然敲不散心裡的困惑。

無法徹底忽視她的存在，害我手肘的動作也因為太過在意視線，而變得保守起來。

我的膝蓋跟上半身的動作在跳起來的那一瞬間沒有任何默契，所以我在投出去之前就知道這一球不會投進。有如從手中滑出去的球沒什麼力道，最後只勉強碰到籃板的邊邊。我小跑步過去撿球，然後用手用力摩擦籃球表面，想藉著球的觸感敷衍掉某種情緒。

「這景象真美。」

我被嚇到差點跳起來。

她的聲音近得幾乎就像在我後腦杓後面講話。嚇得挺直身子的我一轉過身，就發現穿和服的女子已經從椅子上站了起來。她身高比我高，很有壓迫感，導致我又嚇得往後退一步。

「早安。」

「……早安？」

我擔心可能真的是自己忘記見過她，便開口跟她打聲招呼，然而又馬上確定自己一定不認識她。就算我再怎麼記不住別人的長相，也不可能會忘記外表這麼特別的人。

她特別的不只是打扮很突兀，還有她稍稍蓋住耳朵的淡栗色中長髮、富含光澤的嘴唇，以及潔白到會讓人不敢想像自己伸手去碰的肌膚，深怕會弄髒那片漂亮的雪白色。她柔和的表情輕輕架開了我的視線，沒有產生任何反彈。我不知道她身上散發出的是什麼香味，但嗅覺感受到的輕柔刺激立刻讓我聯想到花的味道。

尤其——

在這麼近的距離下看著她，視線就會不由自主地被她與眾不同的雙眼吸引。

她美麗的黃綠色雙眼彷彿會把人帶往不同國度。

「妳是國中生吧？」

「……對。」

女子為自己精準的猜測露出得意笑容。她的表情明明很穩重，笑的時候卻又絲毫不隱瞞內心的喜悅。

「而且是三年級。」

「……咦？妳是怎樣？」

我沒有穿著可以間接表達自己年紀的制服，她還是能猜中我現在讀國三。她每猜中一次，

就會有種組織成「我」這個存在的絲線被她抽走的感覺，這種感覺實在不太舒服。

「我只是個普通的大學生～」

「……喔，是喔。」

她的打扮跟雙眼讓她不論是什麼身分，都沒道理冠上「普通的」這個形容詞。

我仰望著她高出我一截的頭，清楚體會到她的確比我年長。

「一大早就來打籃球，應該也能促進身體健康吧。」

「應該吧……」

她到底為什麼要跟我說話？我還是完全不知道這個最重要的問題的答案。

女子對我伸出掌心，我先是愣了一下，才把球放到她手上。和服配上籃球，再加上她又是美女——不對，她是美女這點不是問題。我們鎮上還有誰會穿和服在路上走？鎮上有間很大的宅邸，不知道她是不是那一家的人？

「我不曉得有多久沒碰過籃球了。」

她在用不熟練的動作拍了幾次球以後舉起球，看起來是在學我剛才投球的姿勢。我下意識看著和服的袖子順著她舉起的手臂滑下來，在途中卡到了手肘，最後還是滑到連上臂都露了出來。

「如果在約會的時候突然看到籃球架跟球，然後保持全程靜默地舉起籃球，再秀個漂亮的射籃——」

「什麼？」

和服女子扔出的球非常直，在用力打中籃板之後彈了回來。她連忙彎下腰撿起球，接著把球舉在額頭前面，笑著說：

「不覺得這種景象很美嗎？」

「……只是妳沒有成功投進而已。」

其實她光是拿著球走路，就足以吸引別人的目光了。她連做出一些小動作之間的過程，都能夠自然顯現出值得矚目的美感。

長得漂亮的女性或許光憑自己的美貌，就能在這個社會上占有優勢。

「呼……」

「妳幹麼突然嘆氣？」

而且還是盯著我嘆氣。

「我只是覺得自己頂多跟國中生當朋友很可悲而已。」

「……等等，妳這是什麼意思？」

「嗯，或許這樣還不算太糟。」

和服女子把球遞還給我。她張開不再拿著球的手，讓她的手就好像一朵跟她的笑容一樣美麗的花。

「以後有機會碰面再教我怎麼打籃球吧。我也想要自己身處在美景裡面。」

我很訝異她微微揮著手的動作不只能顯現出成熟氣息，又不失可愛。

原來成熟跟可愛可以同時存在啊……我不禁冒出奇怪的感想。

和服女子踩著輕盈的腳步離開，彷彿她可以完全忽視夏天充滿濕氣的悶熱空氣。我愣在原地，目送腳步聲不算大的那道直挺背影遠去。

……我應該就這樣看著她離開嗎？不對，也沒什麼好不應該的……可是這樣真的好嗎？

結果那個女的到底是來做什麼的？

而且她說以後有機會再教她打籃球，可是基本上我不太可能再遇到她。我又不是天天都會來這裡，也不會在固定的時間來。就算那個穿和服的女人時時刻刻都待在這裡，也要我有過來，才能再碰面。若我們都沒有積極嘗試跟對方碰面，就不會再有下次巧遇。

不過，她留下的強烈印象，反倒讓我覺得說不定還會再遇到她。

明明也沒有聊多久，卻在我心中留下非常強烈的存在感。

我認為是她的外貌跟她身上的花香在我的潛意識裡作祟。

我甚至感覺腦袋裡面要綻放出虛構的花朵了。

不知道她還會不會再來這裡？我看了空無一人的長椅一眼。

和服、黃綠色的眼瞳、笑容——

那個穿和服的女子擁有許多很難在我身上看見，而且像寶物一樣耀眼的特徵。

當天早上有人搶先來到了那座籃球架旁邊。

「……………………………………」

兩廂情願——我腦海裡浮現這個詞彙。

我簡短地對自己的腦袋說「哪有兩廂情願」。

我只是今天特別早起，也不想在家人都還在睡覺的時候製造噪音吵人，才會走出家門，然後在順手拿起籃球之後想找個能讓它發揮功用的地方，就走來這裡了。就只是第二天做一樣的事情罷了。

「啊。」

一看到她轉過頭來露出的那張笑容，就感覺夏天清晨的悶熱空氣也在轉瞬間一掃而空。

她爽朗的笑容有種讓人出現這種錯覺的魔力。

或許她本來就是個外表跟個性都容易帶給別人清涼印象的人。就像通風良好的室內一樣舒適。雖然也可能只是單純很多缺口，才會很通風。

不知名的和服女子抱起自己帶來的籃球，往我這裡走來。

「這顆球是我昨天買的。」

「我又沒有問妳……」

她直截了當的親切態度，反而會害我多做提防。

「我的手肘以上也變得很健康了喔。」

那其他部位呢?我從她的腳底往上看到肩膀，覺得她的打扮應該很不方便活動。

「妳也用不著穿成這樣來運動吧?」

其實也有可能是家裡只允許她穿和服。可是連在家都要那麼講究的人，正常不會一大早就跑來籃球架底下閒晃。

「妳說服裝喔~這我也沒辦法。我也不是無緣無故穿著和服。」

她捏起和服袖子，像是要介紹那件和服一樣把袖子拉直，微笑著說:

「總之，我不得不穿著這種衣服過來這裡。我其實是不討厭穿和服啦。只是和服太重了，我比較想換穿浴衣。」

「喔……」

「早安。」

她不太在乎我的反應，直接用沉穩的語氣向我打招呼。

「……早安。」

老師也好，路上看起來很忙碌的路人也好……該怎麼說……他們都是有距離感的大人。就好比好幾年前就已經存在的遙遠建築物，對我來說就只是一幅景色……或者該說是固定在背景裡面的東西?

我不太會形容，簡單來說，就是遠在天邊的存在。

然而眼前的和服女子則是好像只要踮起腳尖就碰得到……又或者該說是跟自己比較類似的存在，只是稍微成熟了點。就是可以清楚感覺到對方是成熟大人的大人。她給我的這種感覺比社團學姊還要強烈很多。

「那，妳來教我怎麼投籃吧。」

和服女子面帶微笑高舉著手上的球，像是在炫耀。她的表情一下很孩子氣，一下又很成熟，害我總是忍不住去注意她的反應。不知道她是情感豐富，還是情緒不穩定。

「我也只是隨便投投而已，沒什麼好教的。」

「那我就在旁邊觀摩妳怎麼投籃吧。」

和服女子很有禮貌地退開，讓出投籃的空間。我心想自己根本沒答應要教她，同時走上前，仰望籃框。我只要一如往常地把球扔出去就好——我刻意這麼想，反而愈來愈無法保持平常心。我透過用力一跳，克制住想要大喊「那我到底要怎麼辦才好啊」的衝動。

球在我動作沒有平常流暢的手肘伸直之前就滑了出去，想當然不會進到籃框裡面，而是在打到籃板後彈開。我不太想去撿球，但還是往球彈走的方向跑去。

「腳張開到與肩同寬，手肘抬高。看來這些是重點。」

原來她在觀察我的腳跟手肘——我莫名覺得她的視線讓我很尷尬。我撿完球，和服女子就拿著自己的籃球迎接走回來的我，並笑說：

「教練，還有其他需要注意的地方嗎？」

被叫「教練」害我覺得側腹有點癢癢的，忍不住隔著衣服用手掌下緣磨了幾下。

「還有……想像自己身體中間有一條線的話……應該會比較好跳。」

把那條線當成中心，直直跳起來就好。要是稍微偏掉，就會感覺沒辦法掌控好力道。就像我剛才那樣。

「ＯＫ，教練。」

「我不是教練。」

「知道了，國中生！」

她會不會也太說變就變了？

和服女子張開雙腳，我這才看到她穿的是草屐。她全身上下都不像是來運動的。然而她光是舉著球，就可以顯得很有美感。她的白皙手肘在和服滑下來之後變得一覽無疑，而那片雪白也吸引了我的目光。

感覺摸起來會很滑嫩。

明明沒有直接接觸，卻有種可以感受到她皮膚有多涼的錯覺。

她彎起手肘準備投籃，隨後扔出手中的球。

球飛得比昨天更直，並在撞上籃框前端以後彈開。和服女子這一跳，頭髮跟袖子也隨之甩動，大力把她身上的濃濃花香搧往我這裡，害我差點被嗆到。

「我打到籃框了。」

「……是啊。」

看她講得這麼高興，反倒是我不好意思再多說什麼。和服女子跑去撿彈走的球時，動作意外很大。我很驚訝她的跑步方式充滿躍動感，一點也不像成熟的大人。

她像是帶著橄欖球達陣一樣，把撿起來的球拿去放到長椅上。

接著她大力轉過身，直接順勢坐到長椅上。

「我們要不要來聊個天？」

「我們……有什麼好聊的嗎？」

「沒有話題的話，我來想幾個就好。」

哎喲，妳說這種話還滿帥的嘛──我在心裡開玩笑地調侃她。我也抱起籃球，走到和服女子身旁。我不想坐在長椅上，就跟她保持像是地球跟月亮之間的距離感，在她附近走動。

「那我想問，妳為什麼要來跟我搭話？」

「嗯～？我會找女生說話除了是基於色心以外，都不是什麼大不了的理由。」

她一邊用草屐的前端輕輕劃過地面，一邊若無其事地說出這番話。

「……色心？」

「而我對妳沒有懷抱半點色心。我是用非常、非常正當的心態在跟妳說話。」

「妳說的太艱深……不對，還是簡單過頭了？我聽不太懂。」

我很難判斷。和服女子用像是看到自己很喜歡的東西出現在眼前一樣的語氣，回答我的

困惑。

「喔，因為我很喜歡女高中生，還請妳多多指教了。」

她把手放在胸前，做起彷彿在交換名片的自我介紹。

和服女子的語氣跟表情都非常爽朗，只有話中的名詞聽起來很突兀。

「女……高中生？」

「嗯。但是我對女國中生一點興趣都沒有。我的慾望好像會本能性地區分對方是不是女高中生，很值得信任喔。」

我不懂這個女的為什麼會瞇起眼睛，一臉洋洋得意地說著這種話。

喜歡女高中生的……美女。

和服、花香、聲音很溫柔。

給人的印象很輕柔。

她身上同時存在太多種特徵，害我的腦袋差點陷入混亂。

「女高中生很棒喔，等妳明年上高中就會懂了。」

「呃……我覺得我絕對不會懂。」

我想像得到她喜歡女高中生是基於什麼樣的感情，但無法和她產生共鳴。我升上高中以後，會用興奮的眼神看著其他女同學嗎？

不可能。

我個性上其實很不喜歡有不懂的事情還不弄清楚。

可是，我同時也怕如果問她是喜歡女高中生的哪些特質，很可能後果不堪設想。

而且她居然光明正大地說出這種話，難道她不知道什麼叫做常識嗎？

「呃，原來妳是有這種嗜好……？的人啊。」

我不知道該怎麼回答這個話題。難不成會感覺「喜歡女高中生」這個詞從字面上看起來就很危險，是一種偏見嗎？人不應該有偏見。可是……這真的只是單純的偏見嗎？

「對啊～我專攻女高中生的。」

「專攻……」

這也是某種研究領域嗎？我的腦袋得到了未來應該用不到的知識，又被塞得更脹了。

「不過，其實單純跟女生聊天也是別有一番享受。」

她的視線彷彿在說：「妳也這麼覺得吧？」我不知該怎麼回答，眼神也跟著四處游移，努力尋找適當的答案。要是人類也有類似籃框的概念就好了。跟別人對話的時候完全不知道代表正確解答的籃框在哪裡，常常需要多花心力去思考，最後都會嫌麻煩到差點想直接大字形躺在地上。

「妳長得很可愛，以後一定會有很多人關注妳跟接近妳。我或許也會是那些人裡面的其中一個。妳如果可以從接近妳的人身上攝取充足的養分，人生會活得比較開心一點喔。像我在這方面上也是不會只挑女高中生。」

「……………………」

我只知道一般人就算有機會說到她最後一段話，也不會用這麼興奮的眼神看著遠方。而且更重要的是——

她很自然而然地提到我很可愛。

這句誇獎才是最震撼我的一句話。

現在明明沒有風，我卻有種風在吹著我臉頰的錯覺，被吹得靜不下心。

「這樣看就覺得籃框好高，又好遠。」

坐在長椅上的和服女子把手舉在額頭前，像是在遮擋陽光。

原來比我高的她，也會對她這道視線前方的籃球架有這種感覺。

「不過，這樣也比較會有想進步的動力。好。」

和服女子撐起身體，拿著球站起身。一看到她的雙眼是看著街區，而不是籃球架，就猜得出她準備離開了。

我本來想問她：「妳已經要走了嗎？」卻因為不知道我為什麼會想用到「已經」兩個字，又把這句話吞了回去。

和服女子彷彿看透了我這種反應當中的想法，以手環抱胸前的籃球，斜眼看著我笑說：

「今天有看到妳就已經心滿意足了。」

「什麼？……什麼？」

「對，看到妳這樣的表情就值得了。」
不知道我現在究竟是用什麼樣的表情面對和服女子的這道微笑。
「妳不在的時候，我一樣會記得練習。等練了一陣子就來單挑吧。」
「單挑？」
「應該比罰球之類的就可以了吧。那下次見。」
她的道別相當迅速又乾脆。我愣在原地，看著和服女子開開心心地追著被她拍得左右亂跳的球離去。
她全身上下都活像個來自不同世界的人，若說她是從夢裡走出來的，我可能也會相信。
「……下次見？」
所謂有一必有二，有二必有三——我的注意力幾乎都集中在這個想法上。
明天過來這裡，還能再遇到那個穿和服的女人嗎？
她的表情連跟她不怎麼熟的我，都能一眼看出其中充滿了溫柔。
她這份溫柔究竟是源於什麼樣的情感？這種感覺就好像我想觀察泉水的源頭，卻又可能會因為不小心跟水裡的某種存在對上眼，而無法回頭。我的好奇心跟恐懼在心裡激烈亂竄，彷彿在球場上互相搶球。
但我感覺到指頭的根部緩緩湧出一股熱流，讓我不會感到任何一絲不安。

隔天，我在太陽已經出來以後才醒來。我先看了看枕邊的時鐘確認時間，再翻了個身，然後從床上跳起來。這時間算是一般人正常的起床時間。我的腦袋已經清醒得像是沒有睡過覺，反而讓我覺得很詭異。

明明也沒什麼事情有必要讓我這麼著急。

我仰望窗簾另一頭充滿光明的世界，心想這個時間過去或許遇不到她，隨後我就突然覺得很過意不去，又或者該說是心裡不太暢快，連我都很驚訝自己會有這種反應。我不應該這樣的——我把握緊的拳頭放在胸前，縮起身子。

跟她太熟，之後一定會留下一些不好的影響。

我腦海裡浮現這樣的預感，又接著想起她的身影，最後閉上雙眼。

明天以後就不要再去找她了。

「說不要找她，又不自覺地起床，何其可笑矣。」

我小學暑假的時候總是睡翻天，甚至還會被母親強制叫醒，可是好像自從上國中以後，每次夏天都會忍不住被熱醒。說不定是我的神經變得太淺了，才會變得對很多事情很敏感。

我離開淺淺的夢鄉，發現外面還是一片寂靜夜色的尾聲，就好像是下意識在為昨天睡得太晚反省。我的意識試圖搶先黎明爬出地表。我壓住自己的頭，要它別冒出來。

我已經決定不去找她了，這麼早起也沒什麼事好做。我再次躺上床鋪。還是閉上眼睛，睡到外面開始有蟬聲吧。然而想歸想，眼皮底下的眼珠卻沉重得有如在彰顯自己的存在感。這種明顯沒有睡意的煩躁感覺，跟腦袋清醒的時候又不太一樣。

對方是個只見過兩次面的陌生大人。我隱約覺得就算跟她見一百次面，也不會知道她叫什麼名字。她的打扮也完全就是個成熟的大人，而且她身上散發的香味彷彿不只是停留在我的鼻腔裡面，還充斥著整顆腦袋。

我不太想就這樣讓去見她這件事情變成習慣……我為什麼會不太想？我的確會感到排斥，卻不曉得確切的原因。我再怎麼想藉著觸摸它的表面摸索出正確的形狀，也還是完全猜不中。光是煩惱正確解答是什麼，就弄得我快要滿身大汗了。

我感覺心裡很不暢快，閉著眼睛抓了抓頭。乾燥的頭髮銳利得彷彿可以輕易劃傷手指。

明明平常都是想著其他的事情想到自怨自艾，現在卻滿腦子都在想著那個穿和服的女人。真討厭——我的感情又往我的臉頰內側舔了一下。舔起來苦苦的。這種苦味加上一大清早就存在的悶熱空氣，只會造成更多的不快。或許只有去跟那個女人見面，才能一掃堵在心裡的負面情緒。

跟她見面，就能暫時消除這種不快。

這樣講好像她是什麼毒品一樣——我忍不住輕聲笑了出來。

我聽到自己發出的笑聲，微微睜開眼。

然後嚇了一跳。

睡在隔壁床鋪裡面的我妹看起來非常清醒，還直盯著我看。

「咦？啊……我吵醒妳了嗎？」

我妹上小學以後，就換自己睡一套床鋪了。不過，她偶爾還是會跑來跟我擠同個床鋪睡覺。她今天沒有跑過來，而是用她稚嫩的視線凝視著我。

「姊姊，妳要出門嗎？」

「咦？」

「妳早上會跑出去……」

我有點意外她竟然有發現。

「沒什麼……我去散步而已。」

「要散步的話，我也要跟姊姊一起去。」

「咦？」

「我也要去。」

「妳啊……」

「有什麼關係，妳偶爾陪她玩一下啊。」

突然有一道聲音從昏暗的走廊上傳來，害我差點被嚇到跳起來。

隨後，有人打開了房門。

母親雙手環胸，站在門後面。

「我剛上完廁所回來，是聽到聲音才會過來偷聽。」

「喔，是喔……」

「所以，我的女兒大人一大早出門是去哪裡？去找男友嗎？是男人嗎？是去幽會咩？」

「妳在說什麼傻話啊。」

我轉頭看向旁邊，勉強忍住差點發出來的「嘖」聲。

「啊，妳是不是差點要『嘖』我了？」

「煩耶。」

「哼，每個認識我的都知道我很煩。」

母親完全沒有因為我的反應而受傷，反而笑嘻嘻的。她還跑來戳我的側腹，煩死了。

「唉，妳以前明明還那麼可愛。」

「喔，所以現在不可愛是嗎？」

「嗯。妳現在長得好醜。」

她毫不客氣又失禮的回答，害我差點說不出話來。

我感覺自己的血液在臉皮底下高空彈跳，忽高忽低的溫差甚至讓我感覺有點冷。

「啊，妳生氣的表情有點可愛。」

有種泡泡順著我手臂的血管向下流動。那顆泡泡讓我的指尖顫抖了起來。

「妳真的很煩耶……」

我咬緊牙根，硬忍住本來快衝出口的怒吼。

要忍住氣到想大力踏地板洩憤的衝動是真的、真的很累。這麼做會需要消耗足以導致我幾乎要累到當場昏倒的大量能量。我覺得眼前的一切都好煩人，好想一邊吶喊一邊猛抓自己的臉，再永無止境地瘋狂大吼。是因為妹妹就在旁邊，我才沒有這麼做。

仍然感覺胃部一陣灼熱的我決定無視母親，直接走往玄關。

我本來不想去。可是，我不想待在家裡。

我妹也跟了過來。

「……………………」

我現在已經沒力氣說服我妹不要跟來，只好幫她把她的小鞋子放到旁邊地上。

「路上小心喔。」

「…………嗯。」

我只吐得出跟高麗菜絲邊邊一小角一樣小的回應。

我就這麼帶著年幼的妹妹，融入還籠罩在一片寂靜的城鎮當中。妹妹牽著我的那隻小手有時候會動來動去，有點癢癢的。

「我們會走很久喔。」

「我喜歡散步。」

「……這樣啊。」

我希望光是我知道用強硬的語氣勸妹妹回家也沒有用，就算擁有正常的思考能力了。

我用比平常更慢的腳步，走過平常經過的路途。在我感覺牽著妹妹的手已經被手汗弄得有點濕滑的時候，才終於走到螺旋橋的最底下，並在做好她可能會在這裡的心理準備之後觀察起籃球架附近的情況。

眼前昏暗得彷彿是夜晚落下的一小塊碎片散發著它擁有的黑暗。

長椅上跟籃球架底下都不見她的身影。

確定她不在的現在，我這份從七上八下變得有如空箱子一般的心情又該何去何從？

「原來姊姊是出來打籃球啊～」

我帶妹妹走到籃球架底下，她就朝著籃框輕輕跳了一下。看到她綁在側邊的小馬尾跟著上下擺動，就覺得我心裡那塊已經開始凝固的憤怒正在逐漸剝落。

我該怎麼跟妹妹一起玩籃球？

即使是我，也不會想故意認真跟她單挑，害她輸得很難看。

「……嗯。」

我抱起妹妹。

「哇！」

我把她抱到適當的高度，再把球遞到她小小的手上。

「妳來彈這顆球。」

「喔～好。」

我妹照著我說的，把球扔向地面。接著再調整高度跟位置，讓她接得住球。她用雙手往籃球上用力一拍，球就彈得比我預料中的還要高。原來她力氣滿大的，是我太低估她嬌小的身材了。

我就這麼抱著妹妹反覆去追彈起來的球，輔助她完成特大號的運球。這也讓我深刻體會到她不只是力氣變大，連身體也愈長愈大了。我一開始還能踩著輕快的腳步來來回回地追球，卻在途中慢慢開始覺得很喘。

反正這裡沒其他人在，我也用不著顧慮大口喘氣看起來很狼狽。然而，我忽然感覺到有道視線落在我妹的手跟不斷彈跳的球之間。我轉過頭，忍著汗水從額頭上流進眼角的刺痛，尋找視線的來源。

坐在長椅上的和服女子臉上掛著跟之前一樣的微笑。

「妳什麼時候來的……」

「我剛來不久。」

和服女子站起身，朝著我們走來。被我抱著的妹妹出於對陌生人的戒心，微微靠到了我身上。她穿的鞋子不同於一般鞋子，腳步聲非常輕柔，同時非常筆直地一步步接近我們。

「早安。她是……妳妹妹嗎？」

和服女子面帶微笑，看著已經縮起脖子，膽戰心驚地仰望她的妹妹。

「看來她現在正好是最可愛的年紀呢。」

「姊姊，她是誰……？」

我妹小聲地這麼問。吾妹啊，妳這樣問我，我也不知道該怎麼回答啊。

「她是姊姊的……朋友。」

我隨便捏造了一個最簡單明瞭，又不容易引發其他疑問的答案。

「妳姊姊最近在教我怎麼打籃球喔。」

和服女子說完就稍微蹲下來，蹲到跟我妹的視線齊高。

「小妹妹，我身上現在只有這個，妳不介意的話，就拿去吃吧。」

和服女子從和服袖口裡拿出小袋子，遞給我妹。

「這是什麼？」

「用來餵鴿子的豆子。」

「……妳身上真的只帶著這種東西嗎？」

「哈哈哈哈！」

她的笑聲自始至終都很高亢，相當悅耳。

「可是這裡沒有鴿子耶。」

我妹看了看周遭的地磚，確認這裡沒有鴿子。

「餵鴿子會害牠們習慣留在一個地方等人餵，記得要挑個適合的地方跟動物再餵喔。」

那妳為什麼要拿這袋豆子給她？

這個道理對我妹來說還有點複雜，所以她只是一臉困惑地緊緊握著手上那袋豆子。

「沒有鴿子的時候，我都是拿來自己吃。」

和服女子解開袋子上的繩子，把乾燥過的豆子放進自己嘴裡。她的嘴間傳出清脆的喀喀聲響。我才在驚訝她真的拿來吃，我妹就學她吃起了豆子。

「啊，妳不要亂吃。」

「不會怎麼樣啦。」

應該改叫她鴿子女的和服女子悠悠哉哉地吞下嘴裡的豆子。我妹一開始也吃得很開心，卻發現她逐漸皺起眉頭。

「味道好淡喔！」

「對吧～？」

和服女子開心笑道，同時又拿了一顆豆子來吃。

「妳要吃嗎？」

她開口詢問唯一一個嘴巴閒著沒事做的我。

「不用了。」

「嗯、嗯。」

和服女子點頭的動作非常敷衍，想必不管我怎麼回答，她都會是這個反應。

「有花的味道。」

我妹很可愛地用她的鼻子嗅了嗅，隨後和服女子就湊到了她的面前。我妹被和服女子突然靠近的舉動嚇得肩膀彈了很大一下，但似乎也因此發現了花香來自哪裡。

「花花人。」

我妹擅自替她取了綽號。

「聽起來滿不錯的耶。」

和服女子笑得很高興，看來不是單純的客套話。

「如果我現在拿花出來應該會滿有氣氛的，可是我身上只有這個。」

「怎麼還有啊？」

我妹看到和服女子又拿出一袋豆子，就笑了出來。她笑得很開心。

看來她覺得很好笑。

「是豆豆人～」

「嗯～我還是比較喜歡花花人。妳就叫我花花人嘛～」

和服女子合起雙手拜託我妹，而我妹還在繼續笑。先不說我，我實在沒料到平常很內向的我妹跟她可以像溶進同一杯水裡面一樣玩在一起。而且她們才剛認識沒多久。

她在端莊之中隱約顯露的些許純真，或許是造成這種現象的關鍵。

……反正她都來了，就麻煩她一件事吧。

「那個，可以請妳幫我顧一下我妹妹嗎？」

我的手好累。而且抱著她的話，我就不能練習了。

然而和服女子一聽到我這麼說，就稍稍加強了語氣，說：

「不行、不行，妳怎麼可以說這種話呢？」

她像是要對人訓話一樣，手扠著腰。

「妳就算遇到一個乍看是好人的人，也不應該把妹妹交給一個才說過沒幾句話的外人吧？」

「唔……」

她跟先前一樣悅耳的聲音只因為言行舉止忽然變得像正常人，就變得很有說服力。

「聽好，妳不可以這樣輕易相信別人。妳如果很重視妳妹妹，就要自己保護好她，不要放開她。尤其真正的怪人都會把自己的外在打理得人模人樣的，再偷偷誘騙獵物上鉤。」

「……妳是怪人嗎？」

和服女子眼神游移，彷彿我這個提問是一個複雜難解的問題。

「嗯～這個嘛，算有時候是怪人啦。」

「正常人不會偶爾變成怪人。」

而且她看起來也不像正常人。

「先別管我，最重要的是妳要好好珍惜妳的妹妹。雖然我自己可能就不會珍惜妹妹啦。」

「妳有妹妹嗎？」

「不告訴妳～」

她動作輕佻地歪起頭，很明顯斜眼看著天空。嘴唇則是彎成半月形的笑容。這個人到底是怎樣？但是她說的非常有道理，而且很不可思議的是我並不排斥她這樣對我訓話。是因為她的語氣從頭到尾都很平靜嗎？

可是語氣很平靜，也代表很難捉摸她的情緒。

「我只是突然覺得自己有妹妹的話，也可以考慮對她好一點。是因為妳，我才會有這種想法。」

「因為我……」

可是我又沒做什麼。

「看妳這麼疼自己的妹妹，讓我忍不住羨慕起妳們了。」

我低頭看向被我抱著的妹妹，乍看……的確像是很疼她。我沒辦法當一個心思複雜到明明不疼妹妹，還可以這樣抱著她的人。我就是個全身上下都很單純的人。

「所以，妳陪妳妹妹一起玩吧。」

和服女子再次蹲到跟我妹視線齊高的位置，露出沉穩的笑容。

「妳也想跟姊姊一起玩吧？」

「……嗯。」

她問完答案以後，就笑瞇瞇地抬頭看向我。然後突然露齒一笑。

「但是一個人被晾在一邊也很無聊，就妥協一下陪妳們一起玩吧！」

「……妳說誰要妥協？」

「就是我！」

和服女子跟我妹擊掌歡呼。我看著被我抱在身邊的妹妹明明平常很怕生，卻願意笑嘻嘻地跟她擊掌，反而對和服女子產生了些許戒心。

她大概很擅長讓別人對自己敞開心胸吧。她會同時從各種方面撼動對方的心靈，等鬆懈下來了再一口氣拉近距離。她的美貌、笑容、語調跟措辭，應該都是幫助她得到這種效果的因素。而她是刻意為之，還是純粹的巧合，也會改變這種行為的恐怖程度。

「我們要來玩什麼？我很會玩沙包，剛好很適合我這身打扮。只是我沒把沙包帶在身上。」

「玩沙包？」

「啊，居然這麼快就有障礙了。我感覺得到妳們有代溝。」

和服女子朝我伸出手，要我拿東西給她。我凝視她的掌心一段時間，決定把籃球放上去。

她今天似乎沒帶籃球過來。和服女子稍稍彎腰，快速拍起剛接過的球。她對我妹露出炫耀的笑容。

她是很賣力啦，可是那不像是擅長玩丟沙包，是擅長玩手毬吧？

我妹聽到和服女子得意洋洋地發出「呵呵呵」的笑聲，就伸出了手。和服女子在把球遞到她手上以後走過來我旁邊，輕拍我的肩膀。

「妳是她姊姊，妳來教她吧。」

和服女子揮著剛才猛力拍球的右手退到一邊，把陪妹妹玩的責任交棒給我。

「姊姊。」

我聽到妹妹呼喚我的聲音。以前年紀更小的時候，我一聽到她這樣叫我，就會立刻跑過去找她。

因為我很高興自己被叫姊姊。

「……運球要這樣運……一開始先慢慢來……」

我跟我妹保持一點距離，在旁邊觀察她照著我說的方式拍球。一旁可以看見陽光跟影子相互依偎，而從表情開朗的女子腳下冒出的淡淡人影很輕易地就籠罩住了我的全身。

我凝視著這道人影的起點，和服女子就用很溫柔的語氣說：「怎麼了嗎？」

「……想說妳身高很高，就忍不住一直在看妳。」

的腳底下。

「喔，說不定真的算偏高的。可是妳才國中而已，還會再繼續長高啦。」

「我的國中時期也剩沒多久了。」

「這是好事。」

「什麼？」

「沒事，哈哈哈！」

她笑著帶過這個話題，似乎也不打算找藉口掩飾自己話中的意思。

「妳現在三年級，應該已經退出社團了吧？」

「嗯。」

我到現在還是不懂她為什麼看得出我現在讀國中三年級。

「最後一次夏季大賽怎麼樣？妳很滿意自己的表現嗎？」

我很困惑她怎麼突然用像親戚一樣的態度問我這個問題。其實也沒什麼好滿意的——我撇開自己的視線。

「我沒有參加比賽，所以……也沒什麼好說的。」

「是喔。妳……嗯，妳或許是個不太討老師喜歡的人。」

我刻意不講明白，卻還是被她一眼看穿。我甚至懷疑她就是想帶出這個話題，才會先提到社團活動。

「這跟我討不討老師喜歡沒關係。」

「我倒覺得有。」

「如果我是個很厲害的籃球天才，再怎麼不討人喜歡也一定有機會上場。」

和服女子在聽完我這番意見之後瞇細雙眼，像是覺得很敬佩，同時笑說：

「年輕真好。妳這樣反倒顯得很可靠呢。」

「……妳是在取笑我嗎？」

「只是覺得妳很耀眼而已。」

我一準備表達自己的反感，她就馬上提出另一個話題來牽制。

「妳曾經在自己或別人身上感覺到某種才能嗎？」

「……不知道。」

我沒辦法清楚感覺到誰身上有沒有才能，或許也在在證明了我的確沒有才能。

「……怎麼樣叫有才能？」

我反過來問她。成熟的境界高得我必須抬頭抬到脖子痠痛才可以看清楚臉龐的大人，當然也有能力立刻回答我的提問。

「應該就是明明沒有人教，也會做某些事吧。」

和服女子對運球運得比剛才穩定一點的我妹揮了揮手。

「我看過各式各樣的人，最後得出了這樣的結論。怎麼說……我有時候會遇到某些人，好像天生就知道某些事情的答案。」

「……是喔。」

和服女子的話中感覺不到任何羨慕。她隨即用調侃的語氣接著說：

「所以我偶爾也在想啊～我這種能力是不是也算一種才能。」

她「哈哈哈」的輕佻笑聲撼動了我的肌膚。

「什麼才能？」

「嗯？就是讓其他女生覺得心情變得舒暢的才能啊。」

「什麼怪才能啊……」

不知道她是否不習慣這樣說，「舒暢」的部分講得有點口齒不清，反而很啟人疑竇。

她的外表很端莊，腳步跟散發出來的氣息卻意外輕盈，總是一轉眼就從我身邊溜走。她每次出現都是這種感覺，但我總覺得她離開的時候也是一樣輕快。

「那個……」

「怎麼了？」

張開雙手擋在我妹面前的和服女子保持著這個姿勢，等待我繼續說下去。

「……我會長得很醜嗎？」

我不知道提出這個疑問的自己臉上究竟是什麼樣的表情。

我只知道自己低著頭，彷彿覺得遠方的淡淡晨光相當刺眼。

「妳很可愛啊。」

她毫不害臊地以非常輕柔又肯定的語氣說道。

這句話就好比朝陽，在我臉上抹了一層厚厚的光芒。

「差不多是全班第三可愛的！」

「……哇～」

她的評價比我預料中的還高，卻也處在一個不上不下，很難由衷感到開心的尷尬位置。

只有這個穿和服的女人會當面說我很可愛。

而一定看過我長相最多次的母親，則是斷定我長得很醜。我其實不是很想這麼說，可是想必是跟我相處比較久的母親說的話比較有可信度。

那麼，我眼前的和服女子會是在說謊嗎？

我稍微思考了一下，才察覺她不可能是在說謊。

因為我在母親跟和服女子面前的表情完全不一樣。

「姊姊，我要抱抱……」

「我手很瘦耶。」

但還是把她抱起來了。

回程我抱著妹妹走上螺旋橋，跟染上色彩的朝陽比賽誰先走到最頂端，弄得我滿身大汗。

這下我知道自己不想帶妹妹去橋底下，根本就不是心情上的問題了。下次換帶她去附近公園

玩吧。

我一邊計劃等等先去淋浴，一邊尋找家裡的鑰匙。

「記得別跟媽媽提到剛才那個大姊姊喔。」

然後在進家門之前用柔和的語氣叮嚀妹妹保密。

「為什麼？」

「……因為那個大姊姊是很神祕的人。」

總覺得我隨便想到的形容詞好像意外說中了她的本質。

我湊到妹妹面前用食指抵著嘴唇，我妹就一臉雀躍地說著「喔喔～」。看來她很滿意這個答案。反正跟母親說我們去跟一個來歷不明的大人見面，也只會演變成麻煩事。我不想再繼續製造跟母親產生無謂爭執的機會了。

「我下次還要再跟姊姊玩。」

「呃，嗯……」

我不確定她說的是哪一個姊姊，只好含糊回答她。

和服女子、穿和服的大姊姊。不知道叫什麼名字，也不知道是從哪裡來的。我只知道她漂亮到會讓人覺得被她的美貌大力揍了一拳，態度柔和到就像是用柔軟的棉被緩衝掉所有衝擊，而且全身散發著花香，彷彿她和服上的圖案都是貨真價實的花。

她跟我完全是屬於不同世界的生物，我很不敢置信會在自己的人生跟這個城鎮周遭的世界當中遇見這麼神奇的人。

這種感覺就好比發現了一隻一眼就看得出來很少見，又很美麗的蝴蝶。

然而，我卻變得很難再去找她。

我一大早就像是被不存在的鬧鐘叫醒一樣，自動清醒過來。我一看到我妹的腳也在棉被底下動來動去，便決定放棄起床。

「姊姊……？」

我故意對聽起來還很想睡的妹妹說謊。

「……我今天還很想睡。」

我同時也要妹妹繼續睡覺。她像是正在融化的奶油，緩緩地再次入睡。我在看到她睡著以後翻了身，閉上雙眼。不管逃到哪裡，身體底下的被褥還是會立刻變熱。

感覺就好像在泥淖裡面掙扎。

睡不著的我，忽然想起了以前的朋友。

樽見。我小學的時候真的以為我們永遠都會是親密到天天見面的朋友。可是自從上國中以後分到不同班，彼此就自然而然地逐漸疏遠了。

現在我甚至不會注意有沒有碰巧在學校走廊上遇到她。雖然要說朋友本來就是這樣，我

也沒辦法反駁，但是沒有好好重視一份「理所當然」，這份「理所當然」總有一天會消失不見。而就算有好好重視，也無法避免逐漸風化。我最近才察覺到實際上根本就沒有任何方法可以預防。

說到朋友，住在鄉下外公外婆家的小剛也是一樣。我最近發現牠衰老的跡象明顯許多。年邁的牠動作變得很遲緩，光是要跟上我的腳步都很吃力。

自從看到小剛那副模樣，我心裡就充滿了著急。充滿了煩躁。心情變得很不穩定。

我的胃一直痛得不斷哭號。

我又連帶想起了其他事情。

小學去上學的路上有一戶人家養了一隻很大的狗。每次集體上學的一大群小孩子經過那戶人家前面，牠都會跑來外面坐著。

很多經過那裡的小孩都會對那隻狗打招呼。我當然也是每次都會開開心心地跟牠講幾句話。可是某一天，那戶人家的圍牆貼上了「狗狗搬去新家了，謝謝大家一直以來都這麼愛我」的小海報。上面還有狗狗的照片，就好像真的是那隻狗在說話。當時的我只覺得牠搬走很可惜，然而現在的我已經知道那張海報上的「搬家」的意思了。

不知道小剛會去哪裡？

得不到答案的這道提問，在我的眼皮底下劃出許多白線。我凝視著那些像流星一樣留下軌跡，並逐漸消耗殆盡的白線，就在不知不覺間感覺到意識逐漸下沉。

這讓我察覺到自己又在逃避恐懼。

我最近老是不斷逃避。

一直想著未來反而會束縛自己，於是我逼自己思考當下。

我妹正在睡覺。會乖乖睡覺就代表她是乖小孩。我觀察她好一陣子，確認她是不是真的睡著了。直到聽見她吐著聽起來睡得很熟的呼吸聲，我才離開薄被子的懷抱。

帶我妹出門會無法避免分心照顧她，還會很累。只是偶爾跟她一起出門倒還好，我不想每次都要帶著她。我安靜離開房間，避免吵醒她，然後一邊想著母親不知道是不是又在這時間醒著，一邊經過她的房間，最後走到玄關穿起鞋子。我一直到現在才莫名意識到我每次去那裡都沒有先整理睡到翹起來的頭髮，還會一臉剛睡醒，顯得沒什麼精神。

距離上一次跟我妹一起去那個籃球架附近，已經過了五天。

五天時間已經足以讓朋友變成只是單純認識的別班同學。那個和服女子說不定早就不會去那裡了。是沒差啦——我在小聲說著這句話的同時拿起籃球，用跑的前往螺旋橋下的籃球架。即使沒有暖身，也沒有跑得很快，我還是可以感覺到有如一片霧氣的睡意被逐漸升高的體溫吹散了。

我說不定是第一次用跑的下這座螺旋橋。我每次加速，牆壁後頭的大樓景色也跟著漸漸被橋身遮蔽。不曉得今天氣溫是不是比較低，周遭空氣沒有悶熱到讓我喘不過氣。

這種清爽的氣溫帶給我身體很輕盈，以及接下來的所有事情都會順心如意的錯覺。

我跑下橋，改用小跑步的方式繼續跑到籃球架底下。跑完整段路程的我喘了口氣，看了看周遭，發現這裡沒有其他人在。沒人在就好──我開始拍起籃球。

雖然才剛跑完步，我還是輕輕伸個懶腰，舒展筋骨。一把手臂伸直，手肘就傳出很清脆的聲響。「喀」的聲音大到我不禁小聲講了一聲「噢！」。我再順便把肩膀也轉一轉。

問我這裡明明就沒有人，還來這裡做什麼嗎？當然是來練籃球的。

我最一開始也只是來練球。是因為意外遇到一個怪人，才會偏離原本的目的。

現在一定就只是準備回到常軌而已。

「啊。」

我聽到有人出聲，便水平轉動自己的肩膀，回頭看向對方。我在回頭的途中才意識到這道聲音不是來自我想的那個人。

「……………學姊？」

「果然是學妹啊。」

經過附近的是已經畢業的社團學姊。她穿著樸素的短袖衣物，腳上穿著涼鞋。打扮看起來完全就是出門享受晨間散步的學姊在發現是我之後，就走了過來。

我已經連有沒有在學姊國三退出社團的時候跟她說過話都不記得了。

「………………」

「妳剛才那段明顯覺得很失望的空檔是怎樣？」

「沒有，沒怎樣。」

我怎麼可能會覺得失望呢～

學姊的穿著很樸素，頭髮倒是一如往常的花俏。她的一頭金髮是天生的，很有外國氣息。她國中的時候很常因為這樣吸引到校內其他人的目光。比賽途中也是只要一有動作就容易受到全場矚目，她自己是覺得很綁手綁腳的。

「原來妳離開社團之後也還在練籃球啊。這麼勤奮。」

「也還好，就當打發時間。」

「一個考生這麼悠哉沒問題嗎？」

「勉強沒問題。」

不知道學姊是不是早就猜到我應該沒參加比賽，並沒有問我夏季大賽的感想。

「那學姊呢？」

比我先當上高中生的學姊先是仰望籃框，才緩緩搖頭說：

「我現在沒在做什麼。沒有在玩社團，也沒有很認真讀書……過得很隨性。」

「是喔……」

不曉得是不是因為她頭髮是金色的，側臉的輪廓看起來不太明顯。有種很強烈的虛幻感。

學姊不像我頂多班上第三可愛，她漂亮到很可能是班上數一數二的美女，想必也會比一般人更容易受到旁人關注。可是學姊每天都刻意表現得自己沒有多餘心力管其他事情，似乎不打算跟其他人有過多交流。

她現在散發出的氛圍也跟當時一樣。

……突然遇到很久沒聯絡的人果然會這樣。

因故跟一個人分隔兩地以後莫名沒機會見到面，而真的見到了，又會有種不自在的感覺攪局。

我如果現在跟樽見碰面，一定也會有這種感覺。

學姊感覺到我們的對話接不下去，就輕輕揮了揮手，轉身背對我。

「那我先走了。」

「有機會再見。」

我說完才注意到自己的措辭似乎有點冷淡，但是學姊看起來沒有放在心上，直接離開。

應該就是她這種態度讓我覺得相處起來比較輕鬆。

她是我在社團裡最常說上話的前輩。或許是因為我們彼此都不算待人和善，反而容易產生共鳴。學姊說她回家還得處理家裡的問題，常常會跟我抱怨跟家裡有關的事情。我只有以事不關己的角度同情她，認為她應該活得滿辛苦的。

我認為以後大概不會再有機會見到學姊了。不少以前認識的人也是住在同個城鎮裡，卻

再也沒見過他們。明明大家都在同個城鎮裡生活，真不可思議。

想必是這座感覺很狹窄的小鎮住著比我想像中還要更多的人吧。

我把玩著手上的球，準備走去籃球架底下繼續練習時，忽然驚覺不對，轉頭看往某個地方。橋墩後頭有個人影一直盯著我這裡看。即使有一段距離，我還是能清楚看出她黃綠色的雙眼。

「…………」

「…………」

「…………喂。」

我們對上眼好幾次，她卻一直躲在後面不出來。這是什麼奇怪的情況？我很猶豫要不要走過去找她，最後決定嘗試對她揮揮手。隨後，穿著淡紫色和服的女子就像是很榮幸受到呼喚一樣，從橋墩後面跳了出來。她今天不是穿很正式的厚重和服，而是比較薄的浴衣。或許也是因為這樣，才會覺得她往這裡跑過來的腳步比以往更加輕快。

「早安～」

「……早安。妳為什麼要躲起來？」

「嗯？沒為什麼啊。我只是在享受躲在遮蔽物後面的樂趣。」

「喔，是喔……」

又不是我母親，什麼事情都能樂在其中。

「我剛剛來的時候看到妳愣在原地，才會想躲起來試試看妳要過多久才會發現我。結果一下子就被妳看到了。」

「……我也只是剛好感覺到有人在看我。」

說我一下子就看到她，聽起來就好像我一直在找她一樣，我不是很想被這麼認為。而我一問之下，才知道她好像沒看到學姊。學姊是高中生，我眼前的這個女人看到她應該會很高興。只看字面描述的話，真的完全就是個變態。

「今天妳妹妹不在啊。真可惜。」

她擺出像在找人的姿勢，看往我的胸口。我不禁覺得有點好笑，有必要看我的胸部嗎？

「妳很喜歡她嗎？」

我妹也算很願意對這個穿和服的女人敞開心胸。

「與其說是喜歡她，倒不如說是喜歡看妳疼妹妹的樣子。」

她直截了當地表達出自己喜歡什麼，就好比輕輕摸過一塊觸感很滑順的布料，反倒是聽她這麼說的我會難為情。

至於她這份「喜歡」的對象是我這一點……嗯，不是什麼重點。

「妳最近都沒來練球。是睡過頭了嗎？」

「……反正我們又沒約好天天來這裡。」

「也對。」和服女子這道回答的語氣聽起來就跟風平浪靜的海面一樣平穩，又柔和。

「我其實兩天前就處理好要辦的事情了，只是我還是想來通知妳一聲，才會一大早兩手空空地來這裡四處徘徊，等妳過來露面。」

我一邊心想她講話常常摻雜一些引人不安的用詞，一邊仔細思考她這番話的意思，接著小聲說：

「通知我一聲……喔，妳以後不會來了嗎？」

「嗯。我應該有好一陣子不會來這裡。」

「……是喔。」

「妳會寂寞嗎？」

「不會。」

要反駁我完全沒有特地來見她實在沒什麼說服力，所以我沒有說出口。

「所以，我們今天來聊聊吧。」

「是可以啦……」

和服女子朝著長椅走去。然後毫不猶豫地坐下來。她一副歡迎我坐到她旁邊的模樣，可是我一看到長椅上明顯的髒汙，就不禁卻步。

「啊，妳很在意這椅子很髒嗎？那妳來坐我腿上吧。」

她張開雙臂，對我敞開笑容。她還上下抖動雙腿，示意要我過去。

居然要我坐到她腿上……？要我一個國中生坐在大人腿上？

如果是叫我妹去坐就算了，我去坐應該會讓整個畫面顯得很突兀。

她應該只是鬧著我玩吧，我決定走過去試探看看。她還沒收起笑容跟手臂。我站到和服女子的雙腳前面。她還是沒有放棄。我轉身背對她，稍稍彎下膝蓋。Open your mind now。

「妳也差不多該拒絕我坐上去了吧。」

「我已經說妳可以來坐我腿上了啊。」

「是沒錯啦……」

和服女子依然笑瞇瞇的。她飄忽不定的美，同時激起了我的安心感跟戒心。她的表情沒有任何陰影，又會讓人猶豫是不是真的該坐上去……她帶給我的不安大概就是這種感覺。我自己也不知道自己在說什麼。

我不太想繼續用屁股對著她，可是我臉皮也沒有厚到可以真的坐下去。再說，我本來就……很不習慣跟家人以外的人有肢體接觸。

「嗯～人體真的充滿了奧妙。」

「咦？什麼意思？」

「我對國中生的屁股一點心動的感覺都沒有。不曉得是大腦的哪個地方用什麼機制自己辨認該不該心動。」

「誰管妳啊……」

「如果現在在我眼前的是女高中生的屁股，我可能就會盯著看了。然而我現在甚至有餘

力欣賞周遭的景色。」

等等……這個人該不會已經病入膏肓了吧？

總覺得她除了長得很漂亮跟散發出來的氛圍很柔和以外，就沒什麼優點好誇獎了。

雖然好像光是有這兩個優點，就足夠產生異常強大的魅力。

「妳一直這樣半蹲不會累嗎？」

「當然會啊。」

或許是脖子後面特別需要用力，我有種後腦杓附近已經被削平的錯覺。

「一直堅持選擇會讓人生比較辛苦的路，也還滿帥的嘛。」

「妳這是在挖苦我嗎？」

「嗯。」

「……居然講得這麼肯定。」

不知道為什麼她肯定的方式不會讓人感到排斥。

溫度適中，就好比用清澈的水洗臉。

我決定妥協坐到和服女子旁邊。我不想管衣服會不會弄髒了。而且衣服原本的正確用途就是避免皮膚沾到髒汙——我決定用這種想法說服自己。

老舊的長椅椅腳可能是因為要多支撐我一個人的體重，發出了吱軋聲響。我才沒那麼重好不好。

「歡迎。」

「……妳以為這裡是妳家嗎？」

我忍不住莫名發出「嘿」的笑聲。

這大概是我第一次這麼近看著和服女子臉上綻放的笑容。而且多半是因為她穿著比較薄的浴衣，再加上距離很近，我一直到現在才發現一件事。

這女人的胸部很大。

雖然知道她胸部大也不會怎麼樣。

只是一旦開始注意到這件事，本來應該看著臉的視線就會不小心往胸部飄過去。

「啊，妳在看我胸部。」

「什麼？」

我在被她說中之後選擇裝傻，視線也跟著飄往其他空無一物的地方。

「看來妳正值青春期呢。雖然我自己是青春期都過了，還是很喜歡看人家胸部啦。」

「我不太懂妳在說什麼。」

我連自己都很想吐槽自己早就慌得一目了然了。

和服女子拍了一下自己的胸部，刻意強調，再接著說：

「其實聊完胸部之後講這種事情還滿尷尬的，不過我要再認真跟妳談另一件事情。」

「原來剛才的話題也是認真的喔……」

「每次看到妳，妳的表情看起來都很難受。」

她以跟提到胸部的時候完全一樣的態度跟語氣，說出這句話。

我感覺有根肉眼看不見的指頭狠狠戳中了我的胸口。

我很常被人說看起來總是在生氣，但還是第一次有人說我表情看起來很難受。

「我看起來很難受嗎？」

「對。」

她輕而易舉地說中盤踞在我胸口的那團負面情緒。

我很難受嗎？

我為什麼會難受？

我在隱瞞某件事情。

我為什麼會難受？

我逼自己不去正視某件事情。

我為什麼會覺得痛苦？

她照理說只是一個無所謂的外人，然而她的笑容卻照亮了我的井底。

我托著腮幫子，彎下身軀，被她刺眼的笑容亮得閉上雙眼。

維持這種姿勢沒過多久，卡在我心裡的那顆大石就順勢掉到了地上。

「養在鄉下老家的狗現在變得沒什麼精神。」

我不想面對現實，內心被悲傷跟難受的情緒逼得沒有餘裕。

「我猜我應該只是因為這樣……才會很沮喪。」

願意正眼面對，就會發現這份焦躁的來源並不難想像。

是源自於恐懼。

我害怕有些事物會跟著時間一起消逝。

害怕這個連自己閉上雙眼的時候，都會有人死在世上某個角落的世界。

「這樣啊。」

和服女子的回答很簡短。這也難怪。畢竟這不關她的事，再加上她也從沒見過小剛。

然而和服女子卻輕輕抱住我的頭，讓我倚靠在她身上。她的動作感覺很熟練。

我有點在意她已經這樣溫柔對待過多少人，未來又會再對多少人做一樣的事情。同時，

我也把頭埋進了她的胸口。

她身上的香氣濃郁得好像連毛髮根部都有一樣的味道……讓我以為自己有如躺在一片花田裡面。

依偎在別人身上的安心感、體溫，還有不自在的感覺。

我不習慣這樣。

完全靜不下心來。

可是，我的身體卻像是受到重力束縛，無法動彈。

即使我沒有流出眼淚，也仍然一直沒辦法抬頭看她。

「妳要好好珍惜這種難受的心情……雖然很困難，妳還是要嘗試看看。」

我聽見躺在花田另一頭的人對我說話的聲音。

「不要逃避妳真正的想法會比較好。」

總覺得這是我第一次聽見和服女子的語氣中透露出她細膩的心思。

可是，成熟大人的建議對現在的我來說，還是太困難了。

就在我不知道像是被她當成球一樣抱著多久過後——

「有比較平靜一點了嗎？」

「…………嗯。」

平常我遇到這種情況絕對會氣得用力蹬著地面抗議，但是我現在一點也不想動。

我說不定是捨不得踐踏這片花田。

「妳如果不是國中生就好了……真可惜。」

「……誰管妳啊。」

如果我是女高中生，她會對我做什麼？

要是真的在升高中之後才遇到她，我到時候還有辦法笑容以對嗎？

「有比較平靜一點了嗎？」

她再次提出相同的疑問。

「有。」

我這次沒有含糊帶過，而是給她清楚的答案。

和服女子聞言就把抱著頭的手放開，有如打一開始就在等我說出這個回答。

「那，我們來單挑吧。」

「咦？」

「我不是說過等練一陣子就來單挑嗎？」

我看到和服女子站起來，也跟著從長椅上起身。接著拍了拍屁股，弄掉褲子上的髒汙。

她會不會就是想實現跟我單挑的承諾，才會特地來這裡等我？

真不曉得該不該說她很守信。

「這次就規定輸的那一邊要實現贏家的任何願望吧。」

「我們也才比第一次而已。」

突然講得好像已經是慣例了，我也很難接話。而且被這種隱約散發著危險氣息的女人拿到可以許任何願望的權利，等同是心臟被她捏在手上。

「不過，我也說過我對國中生沒興趣，所以我其實沒什麼想要妳幫我實現的願望。」

既然沒有興趣，又為什麼要來跟我搭話？

究竟是單純找我打發時間，還是她話中的某個地方藏著謊言？她親切的態度背後藏著許多難以猜透的思緒。

「咦？妳已經覺得自己會贏了？」

我故意調侃她，但和服女子只有用微笑來回答。她現在的表情是至今看起來最成熟的一次。

「妳先投吧。」

和服女子要我先投，簡直像要仔細見證我贏下這場勝負的過程。

我順從她的指示，往前走到定位。

我先運球兩三次，整頓好自己的節奏，才把球舉到面前。

籃球的重量剛好帶給手腕適度的負擔。

吐一口氣，再吸一口氣。

我在一段幾乎要把整個內心重新通風過的深呼吸過後，享受氧氣竄過全身上下的感觸。連留在我頭髮上的花香，都順便傳播到身體的每一個角落。

散發花香的大姊姊——

我在心臟開始大力跳動的同一時刻，把力氣集中在需要的部位。

我每天的練習就像是在地上慢慢堆起石頭，朝著籃框愈疊愈高，結果我最後還是沒機會讓這些石頭發揮功用。不過，我現在正站在這些堆起來的石頭的最高點。

我毫無畏懼地從最高點跳下來，把手中的球扔出去。

堆疊起來的石頭無聲無息地崩塌，讓我的雙腳因此騰空，失去立足點。我的視線緊緊盯著球不放。球劃出漂亮的拋物線，而距離太陽升起還有好一段時間的昏暗天空中，也高高掛著美麗的雲朵。

隨後，一陣竄過手臂的感覺使得我的手肘發麻。

那正是名為喜悅的電流。

「妳贏了。」

我一降落，就收到了一份祝福。

她臉上的笑容看起來很滿意自己見證了這整個過程。我像是被一朵花吸引一樣，朝著她走過去。

不過，我必須以籃球教練的身分提醒她現在還不是顧著心滿意足的時刻。

「給妳。」

我把球撿起來，遞給和服女子。

仔細想想，我在社團裡幾乎不曾傳球給別人。

明明沒有練習過傳球，這次遞球給她倒算是有模有樣的。

「妳都花時間練習過了，投投看啊。」

就像我一樣。

「妳要是投進了，也可以算妳贏。」

要問我為什麼會跟她說這種話，我也只能說我當下的心情就是想這麼說。

或許是因為我感覺到長久下來的練習終於得出成果，一時太開心了。

「可以嗎？」

「如果妳贏了，妳想要求什麼，我都會乖乖照做。」

我一說完，和服女子就眼神游移地說：

「唔～可是許願的權利是被人施捨得來的，就不怎麼讓人心動了耶。」

「為什麼？」

「因為靠自己的力量贏下跟對方許願的權利比較好玩。」

「……呵。」

她揚起嘴角的方式讓我瞬間寒毛直豎，彷彿她先前一直刻意藏住這種笑容。我也用笑聲回應，同時感覺背脊僵直得好像要竄出皮膚表面了。

她果然是個恐怖的女人。

這個恐怖的女人往前走到定位，雙手托著籃球。大概是因為她背脊挺得很直，她光是托著球，就足以化成美麗的城鎮一景。我沒有特別希望她投不進或是投進，僅僅是懷著類似祈禱的心情旁觀她投球的模樣。

和服女子照著我教她的訣竅跳起，再以柔和的動作扔出球。球飛出去的力道不大，卻不偏不倚地直直朝著籃框飛去。

隨後便傳出「鏗」的清脆聲響。

那道聲響強而有力，聽起來就像是揮舞拳頭，盡全力宣示抵抗的聲音。

不過，會聽到這樣的聲音，就代表沒有投進。

和服女子眼睛看著彈走的球，微笑著說：

「我可以試到投進為止嗎？直接算我輸也沒關係。」

「請便。」

我看見一個成熟的大人很孩子氣地開開心心朝著球跑過去。

和服女子之後又投偏了四球，在第五球才終於討到籃框歡心，成功進球。

「教練，球投進籃框好有成就感喔！」

我教的學生很高興地跟我報告自己順利投進。她投這一球的姿勢一點也不標準，又幾乎沒有做到我教她的訣竅，投球的方式也很隨便，但是她笑得很燦爛，額頭上的汗水反射出迷人的光芒，身上的花香也濃郁得像有一把花束在我面前。

「恭喜畢業。」

我決定放棄提醒她沒做好的地方，直接算她畢業。

把球遞還給我的和服女子臉上露出的笑容非常暢快。

簡直就像是刻意要把我臉上的無聊情緒一掃而空。

「這次單挑是妳贏了，妳有什麼願望嗎？」

不只是她不求我幫忙實現什麼願望，我也臨時想不到可以請她幫我實現什麼願望。

我們對彼此無所求，僅僅是因為多少有點在意對方，而有幸重逢。

我認為這樣的關係也不壞。

「那……妳如果哪天有妹妹了，記得對她好一點。」

「……妹妹？」

「像我上次那樣抱著妹妹到處跑……老實說，那真的滿累的。」

我現在想到她上次事不關己地在旁邊看我累得要命，都不來幫忙，才突然覺得有點生氣，便決定要她也去體會跟我一樣的辛勞。

「啊，換作是弟弟也一樣。」

我沒有考慮到有可能會是弟弟，趕緊補充說明。生活周遭不存在的人事物，很容易自然而然就被拋在腦外。人很難改變自己腦袋的構造，想避免遺忘重要的事物，就只能想辦法把它留在自己視線所及之處。

而眼前的這名女子未來也一定會被我遺忘，只是不知道會是很久以後，還是不久之後。

我有一點點捨不得遺忘她，於是決定好好把握當下可以仰望她的每一分每一秒。

「好，我保證會守約。」

和服女子沒有多說什麼，立刻接受我的要求。她現在的笑容並不是裝的，也沒有在心裡偷偷嫌麻煩。現在的她表現出最真實的自己，當中沒有任何一絲虛假。

至於為什麼我能這麼肯定，想必是因為我大概也跟她一樣。

「那麼，如果下次再見面的時候妳還沒有女朋友，我們就來約會吧。」

我不知道她這個「那麼」是怎麼來的。

「女朋友……」

居然不是說男朋友。她一口氣跳去完全出乎我意料的話題，讓跟不上急遽變化的我肩膀不禁晃了一下。

和服女子的身影也跟著微微搖盪。彷彿是很滿意我的反應。

和服女子……結果我們到最後都沒把自己的名字告訴對方。我從這段相遇到離別，都不曾為不知道對方的名字感到懊惱。我動手運球，在籃球框附近四處走動，走著走著把球扔向籃框，再全力跑去接住沒有成功投進的球。

咚、咚、咚——我明明沒有跳起來，卻感覺到腳底傳出一陣規律的聲響。

「……哈哈。」

我在只剩下自己一個人以後，莫名笑了出來。哈、哈——又有好幾顆名為笑聲的小石塊接連從我口中滾落地面。感覺肩膀跟臉頰好輕盈。原本一直壓著後腦杓的焦躁已經消失得無影無蹤，使得身體可以輕鬆向前邁進。

我仰望早晨的天空，晨光一如無聲無息的海浪，造訪這個城鎮。比夕陽稍淡的橘色光輝開始竄過大樓之間的空隙。天上有看起來很粗糙的大片薄雲，更遠的地方還能看見壯觀的積雨雲。偶爾經過的汽車聲在道路上捲起一陣旋風，而不知道為什麼，這陣風的溫熱觸感跟氣

味在我臉上留下了微笑。

我感覺自己真的很久沒有正眼看待太陽升起的這一刻了。

不管我是什麼事都不做，還是照著正常的規律作息起床，都還是會自動迎來新的一天，而且也沒有任何方法可以阻止它結束。我深刻感受到自己變得心胸寬大，心情也終於不再急躁。我沒有擦拭身上冒出的汗水，直接沐浴在晨光掀起的大浪之中。

我不太懂自己現在為什麼會覺得很開心，總之，心情是真的輕鬆了不少。

或許就只是單純覺得很開心而已。

球敲擊地面的規律聲響很悅耳。悅耳到我會忍不住轉動手腕，讓球旋轉起來。

我的心情明顯很好。

還不壞。對，這種感覺還不壞。

她是個很難以判斷話中有沒有存在玩笑話的人，不過，我心中確實存在著某種情感。

她的笑聲會帶給人清爽的餘韻，又同時能感受到些微的冰冷。

一種未知的情感包覆住我整顆心臟，讓我的內心靜靜充滿了喜悅。

這種情緒既沉穩又高亢，說起來很矛盾，而它就好比是用手輕輕戳破浮上水面的泡泡。

它的名字該不會……

就是——

……初戀？

「不可能啦。」

我在心裡對自己開玩笑，再次用力拍起手上的球。

隨後。

我接住高高跳起的球，看往自己伸直的手臂前方。有一名一臉無聊的女生騎著腳踏車快速下橋，衝過我眼前那條道路。

我們幾乎沒有看彼此一眼，就又拉開了距離。明明就只是這麼轉瞬間的擦身而過——

我卻不知道為什麼在走了一陣子之後，想起那個女生飄逸的黑髮似曾相識。

『有限輪迴的彼端』

「妳是怎樣？」

「這是水壺。」

她斜揹的背帶似乎替她的外表增添了一點稚氣。

我本來在家門口遇到某個揹著後背包跟水壺的十八歲女人還想忽略她，卻被她狠狠衝撞了一下。我們的體格差距加上我沒料到會被突襲，導致這一撞讓我們兩個人都撞上了門柱。

「我說『妳』。」

「我是永藤。」

這傢伙沒在聽人說話。

先不提她那個從小學遠足的時候就在用的水壺看得我有點懷念。

「妳是來別人家玩的，還是來遠足的？」

「就是遠足。」

「一點也不遠好不好。」

我才一走出門，就遇到這傢伙來擋路。我常常在準備離開家之前遇到她，簡直像隨時待在外面埋伏我一樣。說不定是我們總是在同一時間冒出想要出門的想法。

「真拿妳沒辦法，那走吧。還有快放開我。」

我推著永藤的額頭，把衝撞過來以後還繼續彎腰壓在我身上的永藤推開。接著帶好像突然才想起來要拿下眼鏡的永藤走回家裡。我抬頭看她拿下眼鏡時，從自己後頸的角度感受到身高差距似乎又變大了一點。我一邊煩惱到底是我變矮了還是她變高了，一邊走進家門。我脫下才剛穿上的鞋子，整齊擺在玄關，永藤也把自己的鞋子擺在我這雙旁邊。

「我是在廚房櫃子裡面找到這個水壺，才會突然想要出來遠足。」

永藤粗略解釋自己遠足的動機。她為什麼會跑去看廚房的櫃子裡面？

「可是去太遠的地方搞不好會在路上昏倒，才會改來妳家。」

「妳就只是找理由來我家玩嘛。」

「是啊。」

「……是喔。」

我故意衝撞永藤，她卻還站得穩穩的。

「哎呀，您回來得真早。」

在長到很浪費空間的走廊上打掃櫃子頂部的江目小姐回頭看向我。她一看到永藤，就輕輕笑了一聲，說：

「歡迎光臨。」

「我來光臨了。」

「這傢伙說她要在院子裡吃午餐。」

「這樣啊。」

江目小姐在這麼說完以後站起身，她大概也已經習慣永藤老是做些奇怪的事情了，並沒有對這件事感到驚訝。

「那我這就去幫兩位準備一塊布墊著。」

「抱歉，給妳添麻煩了。」

「我習慣了。」

江目小姐在直截了當地說完這句話後離開，走到一半又轉過頭來確認一件剛才沒問到的事情。

「您今天要留下來過夜嗎？」

「唔～可是留下來過夜就會從遠足變成教育旅行了。」

「那就別在我家過夜。」

「我也很喜歡旅行，所以我要留下來過夜。」

妳打一開始就是要來我家住的吧？我看了她背上的後背包一眼。

我一邊感受著脖子上剛才在外面受到正中午大太陽照射的餘溫，一邊嘆了口氣，覺得真是拿她沒轍。

「那麼，我現在就去幫兩位準備，請稍等。」

「隨便弄一弄就好了。不用浪費時間。」

要江目小姐為了這個傻傢伙的主意中斷工作，我也會很過意不去。我動手托起那個傻傢伙的胸部，就被她用非常輕快的動作往頭上打了一下。我到現在才察覺說不定就是她太常打我的頭，才會害我變矮。

「不～久～之～後～」

永藤用很簡單明瞭的方式通知我已經過了一段時間。於是我們去院子查看情況。

「喔喔～太藝術了～」

大池塘旁邊劃過一道彷彿用毛筆畫出的赤紅。毛氈布的部分還很正常，可是不知道是不是沒有尺寸合適的傘可以用，改拿海灘傘來代替。而且還是西瓜圖案的。我是叫她隨便弄弄就好沒錯，但也太隨便了吧。

「真風雅呢。」

「會嗎？」

我們一起坐在海灘傘底下。因為是西瓜圖案的海灘傘，覆蓋住我們的影子當然也是紅的。臉變成西瓜色的永藤放下後背包跟水壺，伸直雙腳。接著笑說：

「日野真的常常會跪坐耶。」

「嗯？喔，好像是耶。」

永藤看似心滿意足地瞇起雙眼，凝視著我自然而然變成跪坐的雙腿。

「怎樣？」

「真不錯。」

「那真是太好了。」

跟永藤對話的訣竅就是要適可而止。不然再講下去也只會覺得莫名其妙。海灘傘無法徹底藏身在庭院樹林裡的蟬聲聽起來近在咫尺，有如那些蟬就在我的身後。池塘的青苔味與熱氣互相交融，飄來我們這裡。隔絕的剩餘熱氣灼燒著我的皮膚。

「我們吃完就趕快去房間裡吧。」

「可是人家都特地幫忙準備好了，要多待一下才對啊！」

「妳絕對把妳的體貼用錯地方了。」

她在我的催促之下，才終於心不甘情不願地從後背包裡拿出便當袋。

那個便當應該是永藤的媽媽幫她準備的，裡面裝著炒烏龍麵。

「那是直接把今天本來要在家吃的午餐裝進去嗎？」

「媽媽果然精明。」

袋子裡面除了便當盒以外，還有另一個東西。我趁著永藤在啃炒烏龍麵裡面的青蔥時，伸手拿起袋子裡的東西。那是一個金魚外型的小收納罐。這傢伙同樣的東西可以用這麼多年不會壞啊——我一邊這麼想，一邊打開有金魚圖案的蓋子。

裡面裝滿了橘子罐頭的橘子。我很快就聞到糖漿又甜又清涼的香味。

每次遠足都會看到永藤帶著這個。不過小學……我忘記是幾年級的時候了。永藤那次遠足忘記把金魚收納罐帶回家，很難得看平常完全不會沮喪的她明顯垂頭喪氣的。我記得當時看到她那樣，就去買了一模一樣的金魚收納罐給她當那一年的生日禮物。

當時永藤靜靜表達她的滿心喜悅，還送我回禮……但就先不提是什麼回禮了。

所以這個收納罐也沒有多舊……不對。

「……仔細想想，那也是好久以前的事情了……」

有太多回憶都歷歷在目，害我對往事的時間觀念有點麻痺了。

距離那時候……距離讀小學的時候、在上小學前跟永藤認識的那時候、剛升上國中的那時候，已經有好一段時間了。這是我的第十八次夏天，不曉得我還能再經歷幾十次夏天。

我從以前到現在都是有錢人家的女兒，家裡院子一直都很寬廣，身邊也總是有永藤在。

我沒有缺什麼，也不想再多求什麼。

我不知道自己該尋求什麼，也沒有付諸行動去尋找任何東西，一出生就得到了幸福。

就算我一輩子都好吃懶做，也活得下去。

獨自一個人的時候會忍不住有點煩惱。

但是兩個人互相陪伴，就會覺得繼續過這樣的人生也無所謂。

假如我總是一成不變也能正常活下去，倒也沒什麼不好。

我已經很心滿意足了。

「年少輕狂的日野如是心想。」

「不要隨便讀我的心啦。」

我一邊心想她應該不太可能真的會讀心，一邊揮手制止她。

我們之間的距離的確近得說不定真的能讀出彼此的心思。

『Summer 18』

鏡子裡的高中生小島表情跟以往一模一樣。

「看起來好睏。」

我搞不好平常都是用這種瞇到不知道有沒有張開的眼睛示人，可能得好好反省一下了。不曉得安達對我這種沒精神的表情有沒有什麼想法？

安達不會用凶狠的態度對待我。她面對我總是戰戰兢兢的。她戰戰兢兢到極限以後會一口氣爆發出來，再使盡全身力氣衝撞我。安達的體格比較高大，我需要認真擺好架式，才能承受住這份衝擊。

我有可怕到她在我面前都要這樣小心翼翼的嗎？我覺得自己已經比國中生小島還要和善很多了耶。

或許愛情真的是種很難懂的複雜情感。

這時，我忽然聽見外面瞬間湧出一陣蟬叫聲，像是要順著我的脖子爬上來一樣。我踮起腳尖，看往來自牆壁另一端的蟬鳴。

「…………」

高中三年級的暑假。我剩下的在學期間短到幾乎只要屈指數完，就剛好畢業了。

我一直有種自己好像會永遠都是高中生的感覺。以為現在的日常生活會持續一輩子。

我國中的時候從來沒有出現過這種奇妙的錯覺。

這可能也代表我現在真的過得很充實。

「那妳的表情就要開心點啊。」

我揉起自己的臉頰，等弄出了笑容才離開洗臉台前面。我在走回房間的途中覺得喉嚨很渴，決定先去一趟廚房。而我一轉過頭，就看見額頭上方出現一道亮光。

「我感覺到島村小姐的氣息了。」

「應該還有其他比氣息更容易感覺到的東西吧？」

我把突然從上方出現，還壓在我頭上的那傢伙輕輕丟到空中。那個若無其事地在轉了個身以後降落地面的，是一隻企鵝。企鵝是沒什麼特別的，但是她肚子上綁著一塊寫著「冰」的簾幕。感覺很像咖啡廳夏天的時候會掛在門口的那種。

「妳綁那個做什麼？」

「這樣時髦嗎？」

「唔～」

我戳了戳她得意洋洋地挺出來的肚子。

「超時髦的。」

應該吧。

「哇～」

她看起來滿開心的，就不計較了。我跟這隻時髦企鵝一起走去廚房。

「媽咪小姐不在呢。」

「媽咪小姐這個時間都待在健身房。」

社妹從企鵝的嘴喙裡發出奸笑，說「那還真是個好消息」。我每次都在想，她的布偶裝露臉的位置是不是怪怪的？常常看到她被動物吃掉。只是好像也很難挖空嘴巴以外的地方露臉。而且她是怎麼弄來這些布偶睡衣的？我最近發現她都是挑在妹妹的圖鑑上面看到的動物，真搞不懂外星人在想什麼。

我一打開冰箱，就得攔住看冰箱看到幾乎要衝進去的企鵝。這時，我妹也來到了廚房。她露出來的皮膚都曬黑了，可以看到上衣袖口附近存在清楚劃分黑與白的分界線。

「這不是小同學嗎？」

企鵝回過頭，踩著輕快腳步去找我妹。

「今天的小社……是冰冰涼涼的企鵝嗎？」

「這樣時髦嗎？」

「時髦？」

「原來得先跟妳解釋時髦的意思啊，哈哈哈。」

「妳這什麼態度啊～」

我一邊看著我妹捏著社妹的臉頰玩，一邊把麥茶倒進杯子裡。我沒有走回房間，而是找地方坐下來看她們嬉戲。不過，我很快又站了起來。

我幫她們兩個各倒一杯麥茶，再遞給她們。

「哦，姊姊難得會這麼貼心耶。」

「妳下巴挺成這樣是什麼意思？」

我捏住我妹挺起的下巴（其實並沒有），捏得她發出「噫——」的哀號。

「謝主隆恩。」

接過茶的企鵝笑瞇瞇地這麼對我說。她的表情跟嚴肅的語調不太搭。

「我一直很好奇，妳都從哪裡學來這些措辭的？」

「都是跟爹地先生一起看電視的時候學的，或是跟小同學學的。」

「妳吸收新知識的方法真的差不多就這兩種耶……」

最近常常會看到她晚上跟我父親一起在客廳看電視。父親似乎也已經習慣這個借住在我們家的奇妙的生物了，偶爾去買點心還會順便買社妹的份。他上次還很愉快地說：「她真的很像外星人呢，我還是第一次看到這樣的小孩。」

我只能回答「也只可能是第一次看到吧」。

我們一家人說好聽點是很寬容，講得難聽點就是不注重小細節。我當然也是其中之一。

「我們今天要玩什麼？」

「我想玩些會甜甜兒的事情。」

她不太一般的措辭讓人隱約聽得出有受到我母親的影響。

「姊姊如果很堅持想跟我們一起玩，我也不是不能讓妳加入喔。」

「妳忘了我現在需要超認真讀書嗎？我是考生耶。」

我不是在開玩笑，是真的很認真在準備考試。我升上三年級以後才開始大概想一下未來的計畫，最後決定考大學。反正我問過父母可不可以考大學，他們也說可以。

我妹微微低著頭，問：

「姊姊妳要去那個……是叫做大學？的地方嗎？」

「目前的計畫是這樣。」

前提是要考得上。

「哦哦～大學啊。」

「妳知道什麼是大學嗎？」

「地瓜。」

「很好吃。」

不曉得這隻企鵝是不是突然想起之前吃的地瓜，一臉傻笑地沉浸在自己的想像當中，於是我也決定不打擾她了。

然後把視線轉回我妹身上。

「等妳考上大學……妳會搬出去嗎？」

我妹第一次提出的這個疑問，就好比一枝射向我的短箭。

她充滿不安的眼神，讓我想起她還會用稚嫩語氣叫我姊姊的那段時期。

我還以為她最近變得沒以前那麼可愛了，有點意外。

「不會，我打算考可以從家裡通勤的大學。」

畢竟突然自己一個人搬去外面住，一定會被從來沒處理過的生活難題壓垮。我也不知道被壓垮之後會怎麼樣。

「喔，是喔。」

她抬頭的幅度跟笑容的明顯程度都不大，感覺像是心裡的不安只消失了一半。

「啊，我搬出去會害妳很寂寞對不對～」

「我踢！」

我故意調侃她，就被她從桌子底下踹了膝蓋一腳。

「那我就來幫妳捏掉臉上的寂寞吧～」

「唔耶唔耶唔耶耶。」

我學我妹剛才捏社妹那樣捏她的臉頰。我一邊鬧著她玩，一邊心想也對，我總有一天還是會搬出這個家，連我都有點感傷起來了。

或許我說來說去，還是很喜歡在這個家跟這樣的環境裡生活吧。

經過國中小島的小小叛逆期，再加上青春期也到了尾聲，我才終於能夠坦然承認自己喜

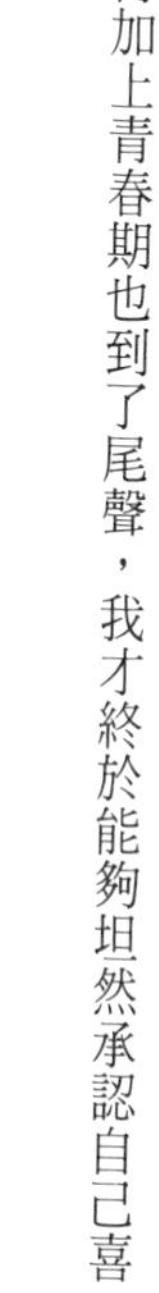

歡這個家。母親大概是因為感覺得到我心裡藏著這樣的想法，當時才會只有不斷來鬧我，沒有責備我的叛逆。那個成年人是怎麼回事啊？也太收放自如了。

「哎呀。」

一直在傻笑的社妹突然回神，轉頭看向廚房的牆壁。

「島村小姐的手機響了。」

「咦？有嗎？」

我完全沒聽到，可是這個外星人每次都能明顯感覺到一般人感覺不到的東西，所以我決定相信她的話，去看看手機是不是真的響了。

「幫我看好那隻企鵝，別讓她去開冰箱。」

我跟我妹說完這句話，就離開了廚房。我用眼角餘光看到我妹正用力抓住不斷亂動的企鵝。有企鵝在的家——只有字面上看起來很時髦。

我走過濕氣重到好像會聽到水聲的走廊，回到房間。我在房間正中央思考自己把手機放在哪裡，最後想起我的手機正在充電。我拿起跟充電器放在一起的手機。

「啊，安達真的有傳訊息過來。」

那隻企鵝滿厲害的嘛。她聽得到手機的聲音倒還不算太奇怪，但是我不懂她到底為什麼有辦法事先感覺到誰準備進家門，還跑去玄關迎接人。我曾經問過她，可是她只會用「呵呵呵」來打馬虎眼，只好當作這件事沒什麼特殊的原理可言。

「妳可以打電話……喔，來了來了。」

我每次都一邊心想我直接打電話給她一定比較快，一邊傳訊息給她。我不太希望在一段人際關係當中講求效率。安達大概從來沒想過這個問題吧。畢竟真正存在她心中的人際關係，應該就只有我跟她母親而已。

不對，她母親算嗎？我在這麼想的同時接起電話。

「妳～好～」

『早——』

我搶在她講完「早安」前先故意拉長音問候。我靜待早安達會怎麼回應，結果——

『妳～好～』

「我之前應該也有說過，我認為妳這種反應是妳的優點喔。」

該說她這種努力很惹人憐嗎？不對，可是安達也沒有弱到要用惹人憐來形容。她比我更積極努力想要變強。這種情況下的「強大」，是指她不會在害羞的時候用「呵嘿嘿」之類的笑聲來逃避。不過，要是安達有一天變得不太會像這樣做出奇怪舉動，好像也滿可惜的。

「那，妳有什麼事嗎？還是妳只是想聊天？」

『我想跟妳聊聊……所以……』

「所以？」

『我現在可以去妳家嗎？』

「我家？是可以啦，可是應該很熱喔。」

二樓以前用來當倉庫，現在被我拿來認真讀書的房間是有冷氣，但是最近很明顯不會涼。要把冷氣跟電風扇一起開，才能勉強撐過夏天的炎熱。主動想來這種房間的安達究竟看到了它的什麼優點？……我想到「優點就是有我在」這個答案，默默在心裡發出「呵嘿嘿」的笑聲。

『我最近都沒跟島村見到面……』

「是……是嗎？」

記得三天前才見過面吧？我屈指數起天數，確定自己沒算錯。

「我們不是三天前才約過會嗎？」

我們約會的地點是購物中心。因為附近真的沒其他地方好去。而且購物中心裡面幾乎什麼都有。也難怪每天停車場都停滿了車。

『三天早就算很久了……』

我聽得出她講這句話的時候應該有嘟起嘴唇表示抗議，忍不住覺得有點好笑。

「原來妳覺得三天『早』就算很久了啊。」

她還沒從「早安達」變回「安達」。就在我從奇怪的地方找出關聯性的時候——

『見不到島村的時間不管是一秒還是一百年，對我來說都一樣……一樣很久。』

「……安達妳講話真有詩意耶～」

我有時候會因為她太過深情，開始懷疑自己是不是真的有她說的那麼好。明明不是被說壞話，卻會變得有點沒自信。安達的愛就是強烈到足以撼動我的想法。

而且大概就是太過強大，才會導致我在她的大片影子底下變得無法清楚看見自己。

我突然不太想繼續站著講電話，便躺到摺好的被褥上面。我就這麼把被褥當成靠墊，無處可去的視線則是看往天花板。

『啊，可以來念書。我們今天……一起念書吧。』

安達聽起來不太有自信的句尾，實在很有她的風格。

「好啊，那我們來開讀書會吧。」

讀書會。我以前不曾跟人開讀書會，很少聽到這個詞，還滿新鮮的。尤其我平常就沒什麼機會參加這種類型的聚會。仔細想想，上一次參加應該是兒童會的時候了。

「那我等妳來喔～妳不用太急著來，不然反而危險。」

『嗯。』

她回答得很簡潔有力，並馬上掛斷電話，明顯感覺得出她的一舉一動總是很急促。

我放下手機，張開手臂。

直接橫躺在地上很可能會睡著，於是我決定撐起上半身。以前的我大概會自以為閉著眼睛想事情不會睡著，看來我真的跟以前不太一樣了。

我在認識安達以後變了很多。如果要用一句話簡單表達這些多不勝數的變化，就是我變

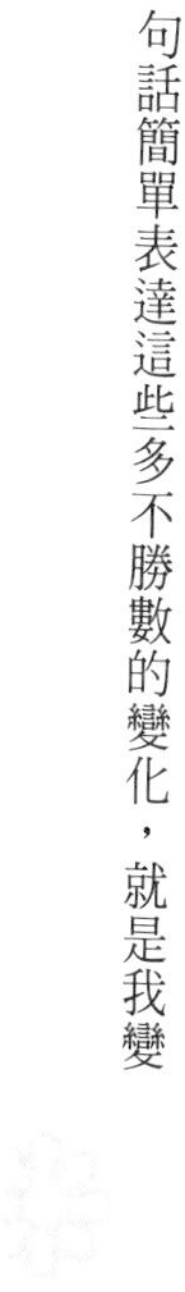

得比較有幹勁了。

可以成為一個人的活力來源是一件很厲害的事情。正因為我知道人生當中不容易出現充滿幹勁的時刻，我才會更加尊敬幹勁多到簡直是一顆火球的安達。

……不過。

雖然我才剛說會很有幹勁，可是安達都要特地來我家了——

「嗯。」

我們怎麼可能真的會乖乖念書呢？

我跟電風扇吹出的風一同看著在我眼前飄浮的企鵝。我竟然沒力氣對若無其事飄在空中的布偶裝感到驚訝，夏天果然很可怕。

她穿著水母裝飄在空中的時候，那景象倒是滿夢幻的。

我之前曾問過她為什麼可以飛起來，她也有老實回答箇中原理。但說真的，她的回答複雜到我覺得聽了也是白聽。我只記得她講的一個大前提是她並不是在飛。她說什麼要覆寫座標之類的，讓我心想這個外星人搞不好其實非常聰明，只是平常透過假裝自己很純真來掩飾想征服地球的野心而已，就把香○巧克○郎拿到她面前，隨後她就一臉幸福地吃起了巧克力。

我這個舉動說不定拯救了整個地球。

先不論我是不是真的有拯救地球，我決定也來試試看仔細聽的話，能不能聽到一些細小的聲響。我完全是靠自己摸索方法，所以也只想得到可以嘗試動動耳朵。一段時間沒有說話，就逐漸變得只能聽見自己規律的心跳聲。我有用對方法嗎？

還是我聽的時候要一邊想著安達？

就在我的雜念不斷搗亂迷惘的內心時，企鵝忽然從天上降落到我身旁。接著用她的翅膀指向走廊，像是感應到了某種訊號。

「安達小姐快來了。」

「……完全感覺不出來。」

我很努力想學社妹那樣事先感覺到安達快要抵達我家，卻完全學不來。如果安達可以唱歌唱得比蟬鳴還要大聲，我就聽得到了。

總之，社妹應該不是透過「愛情」的強度來偵測位置。是的話，或許人在月球背面都能感覺到安達的愛。不對，是一定感覺得到。但看來愛情不是一種人類感應得到的情感。愛情到底是什麼？我希望有一天可以在科學以外的領域找到這個問題的答案。

假如外星人是藉著人類不知道的器官來感應其他人的位置就沒轍了，可是又覺得感應的對象只限定安達的話，說不定還真的有一點機會辦到。

「妳明明連洗碗都不會洗，倒是會一些奇怪的技能嘛。」

「哈哈哈，就算感覺不到，也只要先去外面等，就可以成為第一個見到對方的人了。」

「唔……妳講的話還是一樣聽起來好像很深奧，又好像沒那麼深奧。」

我輕推企鵝的背，要她去找我妹玩，隨後她就踏著輕快的步伐離開了。

為什麼這種奇妙的生物會逗留在我家呢？這個家除了母親待人的態度很收放自如以外，只能用平凡無奇來形容。明明像日野家那種連庭院都很大的房子要多住一個外星人也不是問題，她為什麼會選上我家？

這也是社妹說的「命運」嗎？

我走往玄關，準備去感受所謂的「命運」。我最近完全沒碰的籃球到現在都還放在櫃子上當作裝飾。我拿起來摸了摸它的觸感，又放回櫃子一角。我感覺只要伸手摸這顆籃球，就可以清楚回想起自己年少輕狂的那段時期的每一分每一秒。

我在安達按門鈴前解開門鎖，走到門外，接受陽光跟腳踏車影子的歡迎。

「……島村？」

「而妳是安達櫻。」

正在停腳踏車的安達驚訝得睜大了眼睛。居然真的一出來就看到人了——我不禁佩服起外星人超強的感應能力。

「呃……那個，難不成妳一直在門後面等我嗎？」

安達的雙眼充滿了某種耀眼的期待。我附近彷彿多出了第二顆太陽。我猜如果哪天我要去安達家玩，她應該也會一直待在門後面等我。但我還不曾去過。

我曾經開玩笑說想去她房間看看，卻被她大力搖頭拒絕了。她房間裡到底擺了什麼不可告人的東西？說不定她其實弄了一個金字塔型的祭壇，每天對著它祈禱。

「沒有，只是好像有個聲音說……它感覺到妳要來了。」

我沒有想好要怎麼掩飾事實，語氣變得不是很肯定。結果整句話聽起來很像我是個有點不正常的怪人。不過，我這句話還是讓安達的嘴角綻放出惹人憐的可愛小花。

「聽起來……很厲害耶。」

我聽到有人說這種話會擔心對方是不是出現幻聽，然而安達似乎並不以為我只是在胡言亂語。

「呵呵呵。」

我沒辦法現在才說自己什麼都沒感覺到，覺得有點罪惡感。我有沒有罪惡感其實無所謂，總之，安達拿起放在腳踏車籃子裡的包包，朝屋子裡走來。

我在她踏進家門一步的時候露出微笑，揮揮手說：

「我是高中小島喔～」

「咦？…………………嗯？」

安達似乎想了一下還是不懂我在說什麼，一臉問號。她疑惑的方式真的很有趣。

「我只是突然覺得好像應該講些什麼。」

我順勢朝安達走去，製造擦身而過的情境。順帶一提，我從她身旁經過，也只會走出玄

關門而已。我到底要走去哪裡啊？安達在我走到她旁邊的時候忽然一個滑步衝到我面前，把我攔下來。這代表雙方不再是互不干涉的他人了。

「這份相遇就這麼成了一段新故事的起點。」

我看到安達的眼中寫滿問號。

「抱歉，我今天跟不上島村耍寶的速度。」

「嗯，偶爾有幾天跟不上是正常的。」

平常都是安達在用最快速度狂奔，偶爾換我跑比較快也沒關係吧？

「歡迎妳來我家。那，就跟之前一樣去二樓吧。」

「打擾了……啊，島村的媽媽呢？」

「她去健身房了，不用打招呼。」

我先看了安達裙子底下的白皙雙腿一眼，才走往二樓。安達到現在都還在用我好一段時間之前送給她的髮夾，我很佩服她一樣東西可以用這麼久不會壞。安達常常會讓我感到很佩服或訝異。

我們對待人生的態度截然不同，所以她很多舉動跟想法在我眼中顯得很新奇。而且我們個性相差非常多，卻可以相處得很愉快。安達做出的各種怪異舉動在我的高中生活中占了絕大部分，而我對這種生活也是出乎意料的滿意，或許我們的個性是真的很合。

一走進房間，就發現我事先開好的冷氣多少有發揮功用。不過，我明明已經把這個原本

是倉庫的房間拿來當書房很久了，每次進來還是會感覺房間裡飄著灰塵。

或許房間也跟人類一樣，有些天生就存在的特質。

「妳隔了三天才見到我的感想如何？」

「嗯。」

安達撥開臉旁的頭髮，直直凝視著我。我們彼此面對面，沒有退路。

「很……很滋潤身心。」

「我感覺得到妳的國文造詣很好，總之，我就當作是好話吧。」

我想像乾燥的安達在得到含有我的水分之後會是什麼模樣。感覺會吸太多水變得軟軟爛爛的。得到滋潤的安達用還是有點不夠潤滑的生硬動作端坐在地板上。她的坐姿很端正，但衣服是穿意外裸露的露肩裝。我有點後悔自己還穿著已經變成荷葉邊的上衣，沒換件體面的衣服。偷偷說，我這件衣服的下緣還有小破洞。

我今天沒打算外出，所以也沒有化妝。如果問我：「剛才不是應該有足夠時間打理儀容嗎？」我會說答案是：「那段時間被我拿來嘗試激發自己的超能力了。」

「…………………」

安達是真的超愛我，但我可能還是要再多付出一點努力，才不會害她對我感到失望。安達就跟我不一樣了，她把自己打扮得很漂亮——我一看向安達，原本還有點駝背的她就瞬間挺直背脊。

「怎……怎麼了？」

「我在看妳是不是真的有比較滋潤。」

房間裡還是很熱，於是我打開了電風扇。一樓的電風扇已經是沒有葉片的機型了，不過從樓下拿來二樓用的舊電扇上仍然有綠色的葉片在轉動，就好像一座風車。

安達從抱在懷裡的包包裡拿出筆記本跟文具，放上桌面邊緣。

「原來妳真的帶念書的東西過來了啊。」

「咦？」

「沒有啦，等一下還是會乖乖念書。」

我本來以為最後還是會只顧著聊天，讓讀書會變成只是約見面的名目。我把海豹玩偶往旁邊移，騰出可以坐的空間。在桌子另一端的安達也維持端坐的姿勢，微調自己坐的位置。我看著她的一舉一動，在途中發現安達眼裡出現小小光輝，也看得出她想對我露出笑容，卻變得有點不太自然，只有眼睛變得更加濕潤。

安達在我面前總是會笑得很不自然。只聽這句話，會感覺好像是我刻意欺壓她造成的。倒是我雖然很少有機會看到安達平常怎麼對待其他人，卻也曾聽說她平常的態度非常冷淡。據說會比剛認識安達那時候更冷淡，跟所有人說話都是面無表情。聽起來很可怕。

「安達，妳變得冰冷一點試試看。」

我出於好奇，故意提出無理取鬧的要求。安達好像不太懂我說的「冰冷」是什麼意思，

捏了捏自己的上臂，說：

「……啊，是叫我去一趟游泳池嗎？」

她解讀出來的答案還滿有趣的。游泳池……這主意是不錯，可是現在去健身房很可能會遇到河童。

「不，我說的是態度變得冰冷一點。我突然很想看看安達平常的樣子。」

「平常？我沒有不平常的時候……現在就是我平常的樣子。」

「可是我聽說妳平常都很冷靜，又沒什麼表情耶。」

單聽她國中時期的傳聞，會覺得她的個性非常符合她冰山般的外貌。我也很想看看那樣的安達啊。不過我自己就是說什麼都不想給她看到我國中時候的樣子了——我不顧自己也不想被別人知道以前的樣子，繼續要求安達示範。

「我現在也很冷靜啊。」

「是嗎～？」

我站起身，繞過桌子，彎著腰慢慢靠近她。安達看起來已經快要無法保持冷靜，身體在保持端坐的姿勢下，往左邊傾斜。我繼續靠近她，讓她無路可逃。那我要做什麼來刺激她呢？她全身上下都是破綻。我想到的都是一般會被認為是性騷擾的主意。

乍看偏藍的黑髮、在光線影響下變得些微偏綠的雙眼、介於小孩跟大人之間的長相。仔細觀察，就會深刻感覺到真的很美。她的五官非常端正，美到無可挑剔。

我把手貼上她那看起來很滑嫩，而且實際摸起來也的確很好摸的臉頰。安達的肩膀跳了一下。她眼中的光輝摻雜起其他情感，變得相當複雜。我輕壓她的臉頰——

「呵呵……」

然後在留下乍聽很意味深長的笑聲之後，回到自己的位子上。我其實只是想不到什麼好主意，才會決定作罷。不對，這不是我的真心話。實際上是沒有勇氣實踐自己想到的主意，才會決定收手。我不確定做那麼誇張的事情會不會太過火。

再加上安達很可能完全不會反抗，才更教人煩惱。

看來我們彼此都很純情啊。我托著腮幫子，對著牆壁笑，試圖掩飾自己的害臊。

「島村？」

「呵呵呵……」

不時可以聽到一樓傳來我妹跟社妹高亢的聲音。社妹的聲音特別響亮。

「記得暑假結束之後緊接著就是文化祭了。」

我心想偶爾也該聊聊很有學生氣息的話題，改變氣氛。原本在藉著對齊筆記本的邊邊來讓雙手有事做的安達顯得很疑惑，彷彿她聽到的是很不熟悉的名詞。

「咦？原來有文化祭嗎？」

「其實有喔。」

只是我完全不記得去年跟前年有參加。太不可思議了。

「只是我們沒參加社團，去了或許也沒多少事情好做。」

「是喔……」

對學校活動沒什麼興趣的安達反應非常平淡，可是又忽然像是察覺到了什麼事情一樣，語氣亢奮地說：

「我們一起……去逛一逛，好嗎？」

「嗯。好啊。」

反正也沒其他人會約我去，她也用不著這麼急啊……對，沒有其他人會約我。

因為現在的我眼裡，就只有這個可愛到不行的安達。

「那……我們來念書吧。」

「妳聽起來好像不太情願……」

「一般都不會太情願念書吧？」

我的個性本來就不會積極想要念書。但一想到我還是能維持每天念書的習慣，才驚覺我說不定很重視替自己爭取好的未來。要是在這條路上受挫，我就不能繼續跟安達並肩同行了。我的腦袋很清楚知道現在是我必須用心付出努力的時期。

我一邊心想這是一件好事，一邊打開筆記本跟課本。我進到暑假以後才開始在想是不是應該要找間補習班上課，而不是單純在家自習。不曉得去補習的效果會不會比較好？如果附近有補習班，我是很願意去報名，可是會不會已經太遲了？我說不定可以找找看哪裡有暑期補習班。

有很多事情現在才想要起步，也已經來不及了。為時已晚的情況多不勝數。所以，基本上還是不要擱置當下必要的事情比較好。保持這樣的心態，至少可以把未來會面對的一百種後悔縮減成九十九種。

我今天再重新複習一次昨天寫在筆記本上的部分。像這樣念了一部分以後再回來複習，其實會意外不容易忘記……應該吧。我發現自己看筆記本看到開始駝背，覺得這樣不太好，便伸起懶腰。

我一抬起頭，就立刻跟安達四目相交，可是她不知為何用非常快的速度撇開了視線。而且還不斷用力拍打自己的肚子，訓斥自己。我本來想問安達為什麼突然變得很像準備上場比賽的相撲選手，但還沒問出口，就發現答案或許就在她的視線當中。

安達剛才根本沒在看課本跟筆記本，我嘗試重現她的視線究竟看向哪裡。我首先把手指伸到安達眼前。安達嚇得身體往後傾，而我也像受到把她彈開的反作用力影響一般，逐漸收回自己的手，循著她剛才視線的方向移動。我不顧安達慌張地說著「啊，呃、呃不是，不是妳想的那樣」，默默進行驗證。手指最後落在我的胸口。

看來安達的視線剛才就是遊走到我的胸部附近。胸部。這裡。我低頭看著被洗到上面的英文字已經模糊不清的上衣。整件衣服都已經鬆掉了，要是彎下腰來的時候不遮著，很可能會看到不應該露出來的東西。

嗯。

原來如此。

我抬起頭。

接著就看見有如抹了一臉草莓醬的安達。感覺連她水嫩的嘴唇底下露出的門牙都要被染成紅薑色了。草莓醬跟安達我都喜歡，賺翻了——我正在煩惱是不是該這樣下結論。

我耳朵的溫度證明了我其實也有點難為情。

「安達妳……」

我也很猶豫要不要繼續談這件事。就好像我的雙腳在高空中擺盪不定，等待大腦接下來的指示。

「安達是，呃，我……」

這份心慌似乎化成了安達的形狀。我到底該不該說下去呢？我的猶豫心情像把筆拿在手上轉，不斷打轉。我其實可以不特地提起，繼續專心念書。可是，我總覺得……把這件事講明白，也是當下必要的事情。因為我認為只要我跟安達還是彼此的女朋友，總有一天得面對這個問題，那乾脆趁現在說清楚吧。

我的話語彷彿在體驗自由落體，在眼前一片模糊，腦袋也一片空白的情況之下往下跳。

「安達妳一直都是用色色的眼光看我嗎？」

一旦說出口，就無法再當作沒說過。我們的記憶不會允許我們假裝沒這回事。

我有種可以看見安達身上冒出熱氣的錯覺。

隨後，安達就用額頭猛力敲擊桌面。她這一敲的力道非常狠，感覺敲出來的震動都要透過桌腳撼動地板了。我很意外她突然這麼做，她一直沒有抬起頭來，反而讓我更加擔心。

「那個，安達──」

「……我沒有。」

看來這就是她使盡全力擠出來的回答了。不過，我現在比較擔心安達的腦袋。

不對，這樣講好像怪怪的。

「不可以這麼大力地用頭去撞東西。」

「沒關係，我冷靜下來了。」

安達額頭上清楚印著她找回冷靜的代價。她繃緊臉頰跟嘴巴，下唇卻明顯在顫抖。看得出來她只要一個不注意，就很可能講出安達語。這氣氛太詭異了──然而，我也不可能收回已經說出口的話。

因為就算收回這段話，萬一以後又提到一樣的話題，還是會害安達得要再臉紅一次。

「呃，我其實不是在跟妳開玩笑。我想要先確認妳究竟想從我身上得到什麼。」

我這麼說的同時，手指也一直在戳著膝蓋。我還不曉得這種讓人必須要有哪個地方動來動去才能坐好的感覺叫什麼名字。

「得到什麼……有……很多……」

安達支支吾吾地回答，聽起來有如嘴裡含著糖果。她這麼缺乏來自我的養分嗎？

嗯～總覺得我好像不只要反省自己穿得太邋遢，也該好好反省一下其他部分了。

所以——

「安達。」

「呼呵？」

妳的反應也太奇怪了。我像是要做小小的宣示那樣，舉起手說：

「我接下來會問妳幾個問題。」

「豪噴（好的）。」

她還沒開始回答問題，就先咬到舌頭了。再講下去可能會害安達的舌頭上都是傷口，我是不是不要繼續問比較好？

「我是很認真要問妳這些問題，妳要老實回答，不要怕會難為情。弄清楚這些事情對我們兩個都有好處。」

問問題的我也一樣如坐針氈，我絕對不是刻意欺負安達。而且我這麼做其實很重要，因為我等於是要解剖安達的愛，幫助我們未來可以相處得更融洽。這是我剛想好的名義。

安達反覆深呼吸，同時也聽見她的呼吸聲中摻雜著一些漏氣的聲音。

「我……這輩子……不曾說謊。」

看來她慌到要一句話分成好幾段才能正常發出聲音。她真的不會怎樣嗎？

可是，平常的安達說不定也是這個樣子。

我對安達提出換作是我被問到，一定會因為不想回答而直接逃跑的問題。

「胸部……對，胸部。安達妳剛才在看我的胸部——」

「我沒有。」

「妳馬上就說謊了。」

「島村妳怎麼這麼說呢～」

她講話都變成假音了。不知道為什麼，她用假音說話反而比平常流暢。我猜她應該是已經暈頭轉向到連嘴巴都跟著轉到加速了。現在的安達腦袋裡一定有一些東西在亂竄。應該是星星吧。

「但也還好啦。反正妳早在教育旅行洗澡的時候就一直盯著看了。」

「那是因為！……因為……………………」

安達似乎想不到好藉口，語氣變得愈來愈虛弱。

「因為我只是……單純在看而已。」

「這樣啊……」

問了為什麼在看，也只會聽到她像是意識不清在胡言亂語一樣，反覆回答只是單純在看……我可以輕易想像出那種景象。

「那，妳剛才也只是單純在看，對嗎？」

安達的頭髮隨著她搖頭的動作胡亂甩動。

「我真的沒看到什麼……只是……」

「只是？來，只是怎麼樣？」

「只是啦！」

安達用不知道是什麼意思的文法展現守口如瓶的決心。要是我也只用「那算了」來回答，就會強制結束這個話題。我有點煩惱這種時候該怎麼辦，但想想好像也沒有坦誠相對以外的方法。

「安達，我希望妳講實話，不要害怕難為情。而且我也得做好一些面對未來的心理準備……再說，我也不會因為妳說了什麼就討厭妳，反而很愛妳喔。」

我自己也覺得最後補上的那一句絕對有害這整段話聽起來變得不太正經。而且要她不要怕難為情，直接坦白，其實也是滿強人所難的。

可是我很少有機會認真看待一件事情，我希望她不要讓我放過這個機會。

我用笑容面對安達那雙像是小孩子放開了媽媽的手的無助眼神。這種做法對我以前很不坦率的那段時期意外有用。所以，我決定把握機會模仿這個做法。

而大概是因為我的語氣很認真，安達似乎也稍微冷靜下來了，又恢復端正的坐姿。

我的手指毫不間斷地敲著膝蓋。

「…………我剛剛的確有看妳的胸部，對不起。」

安達像是受到訓斥的小孩子一樣，畏畏縮縮地坦白。

「這其實也沒什麼好道歉的啦。」

應該吧。

「那我們再回到第一個問題……安達心裡是不是有萌生某種特殊的情感……呃，還是應該說是徵兆……」

我該怎麼委婉表達這件事？我想要一本同義詞辭典。可是查了辭典，好像也會害我的耳朵跟著發熱。我跟安達的體溫不斷升高，連冷氣跟電風扇都來不及幫我們冷卻。夏天到了

——我跟安達之間的關係已經度過春天，來到了夏天。

「好啦。好啦、好啦……我就直說了，安達妳是想跟我做色色的事情嗎？」

不拐彎抹角的，反而比較好說出口。我托著腮幫子的手指不斷敲打著耳朵。正當這陣敲打聲讓我彷彿身處大雨底下時，我看見安達悄悄倒抽了一口氣。我開始有點擔心她會不會因為情緒像在坐雲霄飛車一樣，一時承受不住了。

「我再強調一次，我希望妳可以老實說出自己的想法。因為我也想要回應妳的期待。」

人際關係不就是這樣嗎？尤其我們是彼此的女朋友。

女朋友。

一想到我們正在交往，就會覺得皮膚有種實際上不存在的奇妙搔癢感。我有時候會很不敢置信自己竟然有女朋友。

而這個女朋友的腦袋現在正在受到敏感問題的猛烈攻擊。

「那……孫……麼養……」

「妳說什麼？」

感覺安達腦袋周圍有星星在打轉。我希望她的嘴巴可以像眼神那麼能言善道。低著頭的安達發出「唔唔唔」的聲音，眼神往上看向我。

「那島村妳……怎麼想？」

奇怪，她剛才講不清楚的那句話就是答案了嗎？

雖然她含糊其辭的方式、眼神游移的方式跟表情早就把答案全講出來了。安達擁有許多言語以外的表達方式。她會想盡所有辦法來表達自己的想法。我一定就是喜歡她這一點。

「什麼怎麼想？」

安達濕潤無比的雙眼一下往下看，一下又往上看著我，簡直像在自由落體。

「就是……島村色色……」

「妳講得省略過頭了，聽起來有點怪怪的……」

要說我是島村H也沒錯啦（註：日文當中「色色」的發音接近「H」）。因為我的名字是島村抱月(Shimamura Hougetsu)。安達櫻(Adachi Sakura)的英文縮寫……是AS。聽起來很像服務區(SA)。我在想著這種蠢事的同時，也透過安達的提問探討自己的想法。

「我……嗯～這個嘛——」

安達的意思是我有沒有想對她做色色的事情，或是用色色的眼光看她吧？唔——我很失禮地仔細打量安達全身上下。

「老實說，我好像從來沒有冒出這種想法。」

跟安達相處起來是很開心，但我說不定沒有想像過她衣服底下是什麼樣子。我眼裡就只有肉眼所見的安達。只是我的真心話跟安達的願望之間，可能存在非常大的落差。

安達能夠接受這樣的落差嗎？

依然只有眼神往上看著我的安達，看起來稍稍噘起了嘴唇。

「那就……算了。」

「不要鬧脾氣嘛～」

「我沒有鬧脾氣。我不是不開心……好啦、好啦、好啦。我……我……我就直說了……我也不是完……完全……沒有那種想法。可是，如果只有我單方面把自己的想法強壓在妳身上，一定不會有好結果。」

安達端正自己的坐姿，在心靈層面上朝著我踏出一步，拉近跟我之間的距離。

對，安達總是會在嘗試向前邁進的時候，逼近到我面前。

她又繼續向前一步。

「我願意耐心等到……島村變得色色。」

「……………………安達。」

妳這份決心是很值得讚賞，可是字面上很……很不得了。

光是想要回應她的期待，就讓我的腦袋快要變得一片空白。

不過，原來安達有辦法忍著衝動耐心等我啊……明明以前的她很可能會吵著要我馬上可以配合她。不曉得是不是安達意外有清楚感受到我對她的愛了？如果這樣可以讓安達比較放心一點，我應該……就已經很心滿意足了。

「抱歉，安達，都是我害妳要忍著。」

「我沒有我沒有。」

她用生硬的語氣說「不用擔心」，眼神開始不斷游移。我差點忍不住笑出來。

「不過，我……也很想回報妳這麼體貼願意等我，所以……妳可以摸妳想摸的地方，當作妳的獎勵。」

我張開雙臂，表示歡迎她想摸哪裡就摸哪裡。

「咦？」

安達的嘴巴化成橢圓形，從裡面掉出一聲似乎還沒反應過來的疑惑。

「妳可以摸一個妳想摸的地方。隨便哪裡都可以。」

反正我是她的女朋友，摸一下也不會少一塊肉。

我其實有一瞬間覺得這麼大方地說「摸哪裡都可以」會不會太超過了，但我不會收回自己說過的話。

如果摸的人是安達，我頂多會覺得有點不放心，不會感到厭惡。

愛情說不定其實還滿萬能的。

依然沒有收起那圈橢圓形的安達就像是蒸汽機還是某種會冒煙的工具，帶著從頭上冒出的熱氣說：

「摸島村的……？」

「摸其他人的也……不對，那樣不行。嗯，只有我。」

畢竟我沒有辦法保證其他人不介意。我有權決定可不可以被摸的，只有我自己的身體。

安達喃喃說著「摸……」，彎起她纖瘦的指頭，像是在用指尖寫字。接著在四處張望之後，靜靜彎下腰來，把身體縮成一團。她在用額頭摩擦地板。磨著磨著又側躺在地，原本縮得像個嬰兒一樣的身體也忽然往後仰，拱成蝦子的形狀。然後又立刻往前縮回原本的姿勢。她眼睛睜得很大，汗水直流，明顯可以看到她到剛才都還很有光澤的嘴唇迅速變得乾燥。她在消耗能量。現在安達的身體正在急遽消耗她的能量。

太猛了。安達現在大概是全世界最為愛情煩惱的少女了。我還是第一次看到有人可以煩惱到像一隻在地上扭動的簑衣蟲。我猜她內心的糾結、慾望、表面話、恐懼跟正義正在腦海裡舉辦一場大亂鬥。不曉得最後會是誰贏？會是慾望用它強勁的一拳撂倒所有參賽者嗎？還是腳踏實地培育戰力的正義會拿下最後勝利？

我從來沒有像現在這麼想到安達的腦袋裡一探究竟。裡面一定吵得跟大型演唱會會場差不多。不過，等安達成功跨越這份苦惱，一定就會有所成長。真的會嗎？加油啊，安達。不對，這絕對跟成長沒什麼關係。加油啊，安達。

不久過後，跟海豹玩偶一起在地上打滾的安達這才終於緩緩坐起身。

她眼裡的光芒雖然黯淡，卻也非常紮實。

就來看看安達究竟是在克服了什麼樣的糾結情緒之後決定坐起來的吧。

閉著眼睛的安達把左手伸向前方。然後用非常緩慢的速度靠近我。

「妳閉著眼睛沒關係嗎？」

「不閉著就伸不出手了！」

原來她閉著眼睛是有原因的。抱歉是我太膚淺了——我不禁暗自向她道歉。

安達的手臂像模特兒假人一樣僵硬，逼近我的手則是用力握緊拳頭，彷彿試圖抓住難以掌握的熱能。眼前的景象甚至會讓我誤以為自己準備挨揍，而我同時發現閉著眼睛的安達竟然可以非常精準地把手伸往我在的方向。她是不是其實有稍微睜開眼睛？

我側眼看向桌上的筆記本，為我們今天果然不會認真讀書這件事聳了聳肩。

我也閉起眼睛，做好不論安達伸手碰哪裡，都能冷靜應對的心理準備。面對面的兩個人都閉起眼睛，只有其中一個人伸出手。我一邊心想這到底什麼詭異的情況，一邊在黑暗當中等待安達。

等她的這段時間，我想起今年夏天也有碰面的朋友。

這次或許就是最後一次見面——我每次遇到朋友，都一定會冒出這種想法。

不過，我還是會主動去找我的朋友，因為我還想再見到她們。

就像現在的安達這樣。

我的眼皮底下出現一道光。那道散發高溫的光芒猶如晃蕩的火焰，最終倚靠在我身上。

那道高溫戰戰兢兢地不斷侵蝕著我。不知道會先融化的是火焰，還是我的皮膚。

而且閉著眼睛時的觸覺意外靈敏。就算看不見，我還是能感覺得出安達手指的形狀。

是安達的觸感？還是靈魂？之類的東西都能夠透過手指來傳遞嗎？

原來如此，說不定只要加強自己對這種感覺的靈敏程度，就有機會從很遠的地方感應到安達的存在。

現實跟我腦袋裡的思緒很明顯存在少許溫差。

「啊……」

一聽到安達嘆出含帶各種情緒的一口氣，我也跟著返回了現實。

然後睜開眼睛。

「居然是來這招啊。」

這就是安達內心最真實的想法。在一片黑暗當中碰觸我的，正是安達的心靈本身。

至於安達究竟碰了我身上的哪個地方，只有我跟她知道就好。

安達彷彿碰到了夢境裡的事物，不斷開合手指，嘗試抓住某種沒有具體形體的東西。我在一旁看著安達這樣的舉動，忍不住覺得有點好笑。真和平。

我們究竟在這個連自己閉上雙眼的時候，都會有人死在世上某個角落的世界裡做什麼莫名其妙的事情？或許有人知道了會覺得很傻眼。也或許有人會生氣。可是我一樣是總有一天會死去的人，而我眼前做什麼事都很急促的安達也一樣總有一天會死。

我開始想像安達不再慌得暈頭轉向，也不會害羞到連耳朵都發紅，只剩下閉著眼睛動也不動的冰冷臉龐，這才領悟到了一件事實。一想到不論我再怎麼鬧安達，安達也永遠不會再出現任何變化，永遠不會醒過來的模樣，就深刻領悟到了一件事實。

……啊——

我真的很不想看見那樣的她。光是想像，就覺得心快碎了。

好難受。

失去安達會讓我變得像被撕成好幾片的起司。我甚至誤以為自己的上半身真的被人從肩膀往下撕開。安達的存在已經滲透進我的現實感官當中了。

我深刻體會到一棵名為安達的櫻花樹的樹根在成長後纏住了我……而我大概已經逃不出她的束縛了。可是開在上頭的花又的確很漂亮……看來我好像只要能看到漂亮的花就夠了。

安達今天雖然煩惱到在地上打滾，最後卻也沒有選擇逃避。

曾有人說過所謂的有才能，就是明明沒有人教，也會做某些事。

這句話或許是真的。

安達會用自己的方式嘗試去做沒有人教她做過的事情。
就算不知道會不會成功，又或是心裡充滿不安，她也不會選擇逃避。
我認為這說不定也是一種才能。
「安達。」
「唔咦！」
突然被我呼喚名字的安達忽然全身僵硬，排出的汗水增加了三成。
「妳很有才能喔。」
「呵吧嘿！」
她的發聲方式就好像咬爆了含在嘴裡的炸彈。
我省略中間的各種過程，只講了很感性的結論，結果變得聽起來很引人誤會。如果現在才要仔細說明我為什麼會這麼想，搞不好會換我忍不住發出怪聲跳起來。
所以就算了吧。
「安達達大色狼～」
我把羞恥心扔給腦袋裡的小學生，把傷害抑制到最低。
「啊哇喔唄、喔吧！」
安達上下揮舞閒著的右手，臉色一下發青，一下發紅，相當兩極。
對，就是這樣。

我就是想看安達這副模樣。

我頓時覺得心滿意足。現在的我想從安達身上得到的，就是這樣的滿足感。

我們目前想從對方身上得到的東西或許還不一樣。不過，我們一定會努力去理解彼此的想法。

我們會努力學習，深入了解彼此……就算沒有天生的才能，也一定會想辦法找出答案。我跟安達都應該有足夠時間尋找這份答案。我們還有很多時間——這說不定就是我們最大的幸福。

就算沒有才能，我也會死纏爛打到最後一刻。

我看著安達甩動的手指。

我回想著她的手指剛才的確有碰到我的事實，靜靜閉上雙眼。

在這個連自己閉上雙眼的時候都會有人死去，也會有人誕生的世界裡閉上雙眼。

『其實跟夏天沒什麼關係』

我在離開學校泳池要回家的路上，看到一隻小小貓熊悠悠哉哉地走在路上。

「…………」

一過轉角就看到這隻完全出乎我意料的生物，害我忍不住愣得停下腳步。

貓熊揹著藍色的背包。那個背包大得感覺都要比她自己還要大了。一隻貓熊在快要跟景色融合在一起的光芒底下走路的模樣真不可思議。

會穿著貓熊裝在路上走的人不多，會不會是小社？我追上去看對方的長相。

「咦？」

我跟比小社還要嬌小的女生四目相交。她雙眼裡面的白色光輝就好像靜靜捲成一道漩渦的雲。

「妳　想　做　什　麼？」

「啊，這就是似曾相識的感覺吧。」

我記得去年也是這樣遇到她的。她那時候是穿貓熊裝嗎？

上一次好像是把她誤認成小社，才會跟她說話。我不知道為什麼會覺得她們的背影很像，現在看到她也一樣覺得明明長相差很多，卻莫名覺得她很像小社。

她白銀色的閃亮頭髮跟睫毛很耀眼。眼睛比小社偏紫的顏色更淡，而且更藍。

就像是她眼睛裡面有顆像照片上面那樣漂亮的地球。

「嗯？妳認識我嗎？」

「也不算認識……只是之前也在路上看過妳。」

「這樣啊。」

熊貓像是覺得她簡短的回答已經幫我們的對話劃下句點，馬上轉頭繼續往前走。

身高很矮，講話的態度卻像大人。明明那道背影看起來也像是還要很久才會上小學的小孩子。我看著她走路的模樣，決定追上去走在她旁邊。

「嗯？」

「小孩子一個人走在路上很危險。」

我裝模作樣地豎起食指對她這麼說。貓熊本來還很疑惑地說：「小孩子？」但最後還是表示：「算了，無妨。」跟著我一起走。貓熊兜帽底下的雪白細髮散發著光芒，纖細到猶如一碰就斷，很引人注目。我彷彿近距離欣賞月光般，有種空氣微涼的錯覺。

不過她很有光澤的臉頰好像可以捏得很長。

「妳的背包好大喔。」

「我事先報備要出門，就拿到了很多東西。」

貓熊挺起胸膛，看起來心情很好。

「妳的爸爸跟媽媽呢？妳迷路了嗎？」

「我這次可沒有迷路喔。」

只回答我第二個問題的貓熊伸手指向自己要去的地方。她指著的方向有條十字路口，再往下走會有一座公園。貓熊穿越公園，往隔壁走去。

公園隔壁是一座小墓園。

墓園後面是農田，整體視野很遼闊。墳墓的數量少到兩隻手的手指都數得完。我幾乎沒來過墓園，忍不住稍微縮起了脖子。

貓熊在小墓園裡的一座大墳墓前面停下來。

那座大墳墓上面寫了很多很難懂的字，我看不懂。

「這是……誰的墳墓？」

我不知道該怎麼問她為什麼要來這座墳墓前面。這有可能是她的朋友、家人，或是爺爺奶奶的墓。就算大概猜得到幾種可能，感覺也應該不是可以隨便問出口的事情。

「我也不知道是誰的。」

「咦？」

「不過，我曾跟人約好會來。」

貓熊從背包裡拿出細長的瓶子。那個瓶子裡面裝著金平糖。

「我們好像有遵守約定的嗜好。」

貓熊把瓶子供奉到墳墓前面，眼睛凝視著這座墳墓。

「嗜好？」

「雖然做這種事情不會有什麼好處，但我們還是會主動遵守約定。所謂的嗜好不就是這樣嗎？」

貓熊的語氣很平淡，一說完就又揹起了背包。

「好，可以了。來吃吧。」

她拿起剛供奉到墳墓前面的金平糖小瓶子。貓熊笑得很開心，彷彿一直在等待這個時刻到來。

「把手伸出來，一半給妳。」

「可以嗎？」

「這種食物本來就是要這樣吃的。」

貓熊發出「哼哼哼」的奸笑，跟她的語調完全不搭。

瓶子裡面的紫色、藍色跟白色金平糖跳到了我的掌心上。它一根根不會太硬的硬刺戳著我的皮膚表面。可是感覺不趕快吃掉就會融化，弄得滿手黏黏的。

貓熊把剩下的金平糖一口氣放進嘴巴裡。

我盯著掌心上的金平糖，決定學她一口氣吃下去。

兩個人在墳前一個勁兒地嚼嚼嚼。

看到貓熊一邊咬著金平糖還可以一邊露出滿足的笑容，連我都覺得有股笑意從肚子裡悄

悄跑出來了。

祭拜？結束以後，我問貓熊說：

「妳要不要來我家玩？我家有個女生搞不好跟妳很合得來。」

感覺小社應該可以跟她變成閃亮好夥伴。貓熊先是眼神游移了一下，才說：

「嗯……很可惜，我要在吃晚餐之前回去才行。」

「這樣啊～」

看來熊貓也有家……會是住在竹林裡面嗎？

「……唔唔？」

熊貓突然把臉湊近我的手。她的視線盯著我綁在手指上的水藍色頭髮。

這隻拍打著翅膀的蝴蝶身上的光芒過了很長一段時間都還是一樣耀眼，沒有變得黯淡。

「怎麼了嗎？」

「沒什麼，只是覺得好像看過這個顏色。」

「顏色？這個水藍色……咦？妳果然認識小社吧——」

「那麼，我　先　走　了。」

熊貓沒有聽我說完，就迅速跑走了。

「她連這一點都好像小社……」

連乍看只是隨便跑跑，卻又快得莫名很難追上這一點也一樣。

明年還會再遇到她嗎？

夏天或許是個容易有奇妙相遇的季節。

我轉身背對墓園，踏上回家的路。

我加快腳步，想趕快回家跟小社分享剛才的事情。

「歡迎歸來～」

「喔，真的回來了。」

一打開家門，就看到媽媽跟抓在她頭上的海豚在玄關迎接我。

看來我們家不只是夏天，是一年四季都充滿了奇妙的景象。

『Remember22』

那天是我們盡全力踏出腳步，也只算到稍微遠一點，還不足以構成一趟旅行的日子。

已經想不起有多久沒搭過的新幹線比我想像的還要快，而且舒適。

「對吧？」

我對不可能知道我腦袋裡想什麼的安達尋求同意。她一瞬間愣得睜大了雙眼，接著說：

「嗯。」

明明不懂我在問什麼，卻還是給我一個很貼心的答案。真不錯——我很滿意她的回答。

我二十二歲的夏天正在不斷加速，嘗試追上某種東西。我側眼看著窗外的景象，同時回想過去每一年的夏天。唯有歡笑的小學夏天，唯有焦躁的國中夏天，以及認識了安達以後，唯有安達的高中夏天。

每次夏天來臨，腦海裡的回憶都會逐一找回它的光采。不論是必須記得還是不想記得的事情，都會重拾鮮豔的色彩，讓我可以輕易回想起來。我明明很容易忘記別人的名字跟長相，卻可以清楚記得跟自己有關的事情。說不定我其實很自我中心。

跟我一樣二十二歲的安達頭髮比高中那時候更長了。過去還會讓她顯得稚嫩的頭髮好比植物的根，到了現在已經長成能夠替她的側臉增添成熟韻味的大樹。不知道從何時起，她變得可以自然露出溫柔的表情。以前曾有人跟我說安達給人的感覺很冷淡，但我到現在都還不

曾親眼見過傳說中的冷淡安達。雖然我應該要很慶幸見不到那樣的她才對。

我們這趟小旅行的目的地是知名觀光小鎮。暑假應該除了我們以外，還有其他觀光客，想必會人山人海的。其實光是想像夏天人擠人的景象就覺得很恐怖，至於我們為什麼明知道人很多，還是選擇去那裡玩，是因為那裡距離上比較接近我們的目標——也就是國外。

說不定很少有人會用這麼單純的理由決定往東邊旅行。

再加上那座小鎮離海邊很近。我住的城鎮附近聞不到大海的味道。所以我才會覺得若是聞到那樣的味道，就多少可以產生自己身處遠方的感覺。

「島村，妳看。」

聽到安達呼喚的我轉頭一看，就看見一隻紙鶴。這隻紙鶴似乎是從我們搭車時買的便當包裝紙變成的。不知道她是很閒，還是想跟我炫耀她會摺紙鶴。

安達掌心上那隻紙鶴有點洋洋得意地張著翅膀，帶給我們的盡是笑容。

我們搭新幹線移動了很長一段距離以後，下車轉乘電車。電車裡擠滿了乘客，不像新幹線那樣有位子坐。我跟安達肩併著肩，靜靜站在車門旁邊等待電車抵達我們的目的地。安達的行李非常少，不像我還提著一個偏大的包包。這感覺象徵了什麼，又好像只是單純反映出我們的個性。我一邊想著這些，一邊感受著電車的晃動。

我們不需要自行走動，也能在電車的助力之下被帶往目的地。

文明的力量太厲害了——我突然莫名感動起來。

「妳現在到了目的地有什麼感想嗎？」

我一邊走下車站的樓梯，一邊詢問安達的感想。安達看著遠方，稍微思考了一下。

「呃，這個嘛……怎麼辦？我還沒有什麼想法。」

「真巧，跟我一樣呢。」

說完，安達也笑了出來，似乎是稍稍鬆了口氣。現在的安達已經不會在笑容這個科目上不及格了。

我們一走過閘門，來到耀眼的太陽底下，就看到有很多人力車像計程車一樣排成一列。很明顯是觀光勝地特有的景象。

「我還是第一次親眼看到那個耶。」

我低調地指著人力車，跟安達這麼說。安達也看向人力車，小聲表示「現在搭那個應該會很熱」。的確，畢竟人力車沒有車頂。可是，既然他們會在那邊等，就表示還是會有客人上門吧。

人力車旁邊站著應該是車伕的人。那是一個穿著和式短大衣的金髮……女子。她背後是一片顏色非常鮮豔的藍天，那片天空彷彿近得就貼在她的背上。

原來年輕女生也能做拉人力車這種看起來很花勞力的工作啊。我沒有多想什麼地看著那名女子時，她也剛好回過頭來，跟我四目相交。我們在同一瞬間短暫停下了動作。

不曉得是誰先發現對方是自己認識的人。

「學姊。」

「歡迎光臨歡迎光臨，要不要搭個人力車替妳的夏天留下美好回憶啊？就算隔壁有計程車，公車又便宜，也不要錯過人力車特有的人情味喔！現在陽光很強，不妨在這個可能會熱得有點像地獄的季節搭搭看吧，會讓客倌出遊的回憶發光發熱，熱到燒起來喔。等時間久了再回想看看就會發現搭人力車的回憶閃亮到不能再更亮，連腦細胞快死光的人都可以超級輕鬆地想起來！不費吹灰之力！誰說只有煙火可以深深烙印在回憶的片段裡面妳說學姊？」

學姊只說了一長串打一開始就沒有要跟人對話的拉客台詞，在拉著人力車過來以後露出一臉狐疑的神情……這種反應會讓我不禁懷疑她是不是真的是我認識的人。

她是我國中籃球社的學姊。大我一歲，最後一次見面應該是差不多高中一年級時，已經是很久以前的事了。大概是因為她那頭鮮豔的金髮，我才能在過了這麼久之後一眼認出她。

總之，看來先認出對方的人是我。

「這不是學妹嗎？」

她這段話的句尾聽起來沒什麼自信。

「妳說得出我的名字嗎？」

學姊瞬間愣在原地。我本來以為她應該是想不起來了，但她突然像是終於讀取到資料一樣開口說：

「妳是島村嘛。」

答對了。

「學姊也太慢發現是我了吧。」

「哈哈哈哈。因為我的心思都放在工作上嘛。」

她的笑聲非常豪邁，感覺不出其中有任何想掩飾尷尬的愧疚。

學姊本來不是會這樣笑的人，甚至幾乎不怎麼笑。至少就我所知是如此。

「我們最後一次見面應該是六七年前了吧？假設一個原本剛上小學的小朋友在小學六年級的時候才突然來找妳，妳應該也會覺得『What's you？』吧？」

「是沒錯啦。」

她的英文絕對用錯了。

「妳都已經長大到不適合揹小學生書包了呢。」

「這位不知道哪裡來的親戚阿姨是不是看到什麼幻覺了？」

「而且我真的完全沒料到會在這種地方遇到島村某某人。」

「的確……我也沒想到會遇到學姊。」

她甚至已經不存在我腦海裡的任何一個角落了。然而學姊宛如金色絲線的金髮還是足以讓我一眼想起她，可以說是很能代表她這號人物的特徵。

真沒想到才剛踏上離家鄉這麼遠的土地，就遇到了認識的人。我不禁懷疑自己是不是一不小心搭車回到原本的車站了。可是我住的地方不會有人力車。

「島村。」

安達輕輕拉了我的手肘幾下。她想叫我的時候為什麼總是會捏我手肘的皮？

我手肘的皮沒有特別鬆弛啊。

「她是我的國中學姊。我們當時參加同個社團。」

我對安達簡略說明學姊的來歷。說是簡略，倒也已經是全部了。除此之外，我等於是對學姊一無所知，交情也沒有多熟。

「是喔……」

安達小動作對學姊點頭打招呼，學姊接著驚呼：「咦？有美女耶。」

「妳漂亮到我都想收妳當我學妹了呢。」

「這樣啊……」

學姊在聽到安達平淡的回答以後，發出「噫嘻！」的詭異笑聲。她這種笑法……看起來很像是想起了什麼事情。我自己也曾在想起一些事情的時候像她那樣突然笑出來，只是不會笑得這麼明顯。

不過，學姊這麼說，也讓我親身體會到安達果然是天生麗質，任誰都會覺得她長得很漂亮。

我抬頭看向安達，一時心血來潮學起學姊。

「啊，有美女耶。」

「唔咦?」

安達瞬間愣住。美女會在轉瞬間變成可愛的生物——我感覺自己體會到了大自然萬物的神奇之處。

「妳怎麼學她……啊,妳在吃醋嗎……?」

「……沒錯。」

其實我完全沒有敏感到冒出吃醋的想法。只是單純想要學她。

這讓我得知自己是個腦袋構造很單純的人。

「美女與島村是住在這裡嗎?不對,應該不是,妳們不像這個城鎮的人。」

講得好像美女與野獸一樣,聽起來不就像我算不上美女嗎?但我是不在乎啦。反正我以前最多也就被稱讚是班上第三可愛而已。至於安達對我的誇獎……她誇得太過頭,就不放在一起評論了。

「我們是來旅行的。那學姊……是做正職,不是打工嗎?」

「嗯。我們家容不下我,所以我高中一畢業就逃家了。幸好我在路上有撿到錢。後來就順其自然跑來這裡當車伕了。」

「撿到……?」

學姊一邊開玩笑,一邊張開雙臂,像是在炫耀她那件會顯得老成的和服短大衣。過了這麼多年,她彷彿鮮豔金色絲線的髮絲依然沒有失去光采,在陽光的照射下會感覺頭髮表面上

的光芒都要順著髮絲滑落下來了。我想起自己也有一段時期會染頭髮。我認識的人大多覺得我染頭髮不好看。

雖然我讀國中時的籃球隊沒有多強，也沒有多認真鍛鍊技巧，但學姊幾乎每一場比賽都有上場。

我則是因為對顧問的態度很差，導致三年級的時候沒有參加到半場比賽。

「島村，既然我們有緣在這裡巧遇，妳們要不要順便搭一程？」

學姊指了指人力車的座位。感覺她是知道一般人在這種情況下很難拒絕認識的人，才會特地這麼問。學姊看起來很開心的笑容絲毫不掩飾內心的企圖。

目前「不用，我先走了」跟「反正機會難得，就搭搭看吧」這兩個答案在我心裡是不相上下。

於是，我決定向一旁的安達詢問意見。

「妳覺得呢？要搭搭看嗎？」

「島村的學姊……」

我們的對話有點接不起來，她的眼神也開始充滿懷疑。現在的安達妹妹性格乍看比以前穩定許多，本質上倒還是跟以前一模一樣。居然連這樣的學姊都會引起她的嫉妒。真要說的話，反而是安達比我還要容易吸引其他人的目光，害我總是心驚膽跳的……其實也沒有啦，只是如果安達不是這種個性，我搞不好會比較擔心她去跟別人搞曖昧。

「我們感情很好喲，超好的喲。妳也一起來當好朋友吧。」

學姊用很親暱的態度把手伸過來，手指還像觸手一樣上下擺動。不過，她一注意到安達的視線，就立刻停下了動作。

「我跟她不熟。而且她是誰啊？怎麼會叫我學姊？」

學姊一察覺氣氛不對勁，就立刻翻臉不認人。她翻臉不只比翻書還快，還簡直像是要把整張桌子翻過來了。

「原來我們不認識啊。那我先走了。」

「難得有機會遇到好久不見的學妹，就讓我好好表現一下自己賣力工作的模樣嘛。」

一下子是我學姊，一下子又變陌生人，她還真忙。

「……總覺得學姊變了好多。」

我用一句話統整這次我跟她巧遇的感想。學姊一聽到我這麼說，就撥起垂在額頭前面的頭髮，笑了出來。

她眼裡亮起令人懷念的光輝，彷彿在說「妳倒是沒怎麼變嘛」。

「啊～因為我有特地改變形象。」

學姊一邊唱著「啊哈哈～」，一邊回頭走向人力車，就好像已經擅自認定我們要給她載一程了。改變形象啊。我們直接忽略她開心的笑容，走去中間的公車站應該也會滿有趣的，可是看學姊現在這個樣子，她搞不好會拉著人力車追上來。

「反正難得有這個機會，就搭搭看吧。」

「我是不反對……但是我也會在妳旁邊。」

「咦？嗯，我們一起搭吧……啊，安達妹妹妳也真是的。我怎麼可能會忘記妳呢？」

安達的意思是不可以只顧著跟學姊說話。

我當然知道。隨後，我就牽著安達的手，走向人力車。

「來，這裡有遮陽傘。抱歉，我這輛沒有車頂。車上有自助冰水。」

學姊把放在位子上的紫色紙傘遞給我們。一陣應該是來自和紙的乾燥香氣飄過我的鼻子。我接過傘，在搭上車前注意到一件事情，由於跟學姊的距離靠近，我發現她額頭上多了淡淡的傷痕，那看起來像是割傷的痕跡。我瞥過可以一窺她曾經歷各種風霜的傷痕，沒有特地開口提及。

我牽著安達的手，一起坐上紅色的座椅。學姊在一旁扶著座椅，方便我們上車，最後再跑回前面。從她的背影就能夠看出她的手臂瞬間用力，腰部附近也變得很穩固。

「兩位客人，我們要出發嘍。對了，兩位要去哪裡？有想好目的地嗎？還是為兩位觀光導覽一番？」

我跟安達看了彼此一眼。

「那就麻煩妳導覽了。」

「了解。」

從比平常高的場所俯望地面，讓我有點靜不下心來。

我在欣賞城鎮風景的時候，才後知後覺地察覺一件事。我剛剛還問學姊記不記得我的名字，其實沒資格這麼說，因為我也不記得學姊的名字了。她叫什麼名字來著……依稀記得她的名字很特別，卻完全想不起來是什麼名字。

「是說，島村妳也真是太不謹慎了。」

「什麼？」

學姊握起握把，開始拉動人力車，接著頭也不回地對我聳了聳肩。

「不可以不先問要多少錢就上車喔。嘻嘻嘻。」

學姊的笑聲聽起來就像惡作劇成功的小孩子。

「要多少錢？」

「十五分鐘三千圓。」

「好貴！」

而且時間好短。十五分鐘應該真的坐沒多遠就要下車了。

「妳們有兩個人，就可以一人出一半。有句俗語叫什麼我有點忘了，是有福同享，有難分攤嗎？」

「聽起來好像不太對，不過我知道學姊想表達什麼。」

我打開借來的遮陽傘，拿在可以同時遮到我跟安達的位置。遮陽傘底下就好像有一陣紫色的大雨落在我跟安達身上。有沒有撐傘應該差不多熱，然而這陣紫雨也確實讓體感溫度稍微涼快了一點。

「這樣也是滿有氣氛的。」

我一說完，臉上受到陰影點綴的安達也露出柔和的笑容。她的笑容很沉穩、輕柔，而且清淡。

盡是在以前的安達身上看不到的氛圍。

「呃～首先，這裡有地藏菩薩。」

不久，人力車的大車輪旁邊就出現了一個應該是觀光景點的地方。

我們眼前有六座戴著紅帽與領巾的地藏菩薩。

「哦，是地藏菩薩啊。」

「對。」

人力車沒有停下來，而是迅速經過地藏菩薩前面。

「那個，妳不解說它們的由來跟故事嗎？」

「我不熟啊。畢竟我又不是在這裡土生土長的人。」

「……呃……」

「妳如果想聽詳細的解說，就再去搭其他的人力車吧。」

「妳還真會宣傳。」

「那麼，這位客人，您想聽觀光景點的解說，還是島村國中那時候的事蹟呢？」

「別隨便曝光別人的往事啦。」

「國中那時候的……島村。」

上鉤的安達身體微微前傾。我搖晃她的肩膀，勸她不要問。

「安達，我們聊點未來的事情，不要談往事嘛。」

「她國中一年級那一年的春天，其他籃球社社員罵島村某某人應該要傳球給隊友，結果她一生氣就把球舉高，說『我現在就傳』，然後——」

「快～住～口～！」

明明一開始看到我都還沒有認出來，怎麼會記得那種不重要的小事啊？

順帶一提，那個女生曾在籃球社第一次集訓時狠狠踹我一腳，我就跟她大吵了一架。同個籃球社的隊友那樣吵架當然不是好事。

我其實很想把當時充滿辛酸苦澀的國中小島丟到洞裡面埋起來，再幫她插一支冰棒棍當成墓碑，問題是現在的安達眼神看起來就很想去抓住國中小島的手。

「安達，妳這麼想聽我國中那時候的事情嗎？真的想聽？」

「我其實很想聽，可是又覺得聽了好像……會很不甘心自己當時不在場。」

安達摀著胸口，表達自己心裡的矛盾。我能理解她的心情，可是——

「妳用不著知道當時發生過什麼事，而且妳應該會很慶幸不是在那時候遇到我。因為當

時的我個性差到別人想稱讚我都找不到優點。」

如果我們是在那時候相遇，一定只會對彼此留下壞印象，不會有更多交集。

「哦，那現在就是別人對妳讚不絕口嘍？」

學姊插嘴這麼說。我在稍做思考之後還是不確定是不是學姊說的那樣，輕輕捏了捏自己的臉頰。

「我有在努力變成那樣的人。」

「那真是太好了。」

學姊的嘴唇跟眼角都顯露笑意，似乎很滿意我的回答。

「不過，那邊那位美女看起來倒是活得滿辛苦的嘛。」

「什麼？」

這句失禮的話，讓安達變得面無表情，散發出冰冷的氛圍。喔喔，原來這就是很冷淡的安達啊。

學姊真厲害，竟然能激出她這種表情。她是天不怕地不怕嗎？

「我最喜歡這種人了。」

「什麼？」

安達的語氣明顯帶刺。學姊好像不怎麼放在心上，仍然沒有收起笑容。

她笑的同時臉頰也稍微鼓鼓的，看得出她不忘咬緊牙根奮力拉動人力車。她的顏面神經還真靈活。
而她隨便提起的這個話題也得以讓我國中時期的事蹟不再繼續曝光，所以我心裡其實很感謝她。
「島村跟這位美女……我想想，從年齡差距來推算，現在應該是大學四年級吧。妳們這一趟是畢業旅行嗎？」
「嗯，差不多。」
正確來說是畢業旅行的「事前演練」，只是應該很難解釋到學姊聽得懂我的意思。
「妳們是大學朋友嗎？」
我有點猶豫要怎麼回答學姊這個像是單純閒聊的話題。
而我才猶豫到一半——
「我們正在交往。」
安達就搶先回答了。
學姊在紅綠燈前面提早三步停下來，回頭看向我們。跟她對上眼的我舉起牽著安達的手，代替口頭回答。
——「我們正在交往」。
我看向變得可以毫不猶豫說出這句話的安達的側臉，很感慨她進步了很多——我站在很奇妙的立場來看待她這份成長。

「哦～」

「學姊這聲『哦～』是什麼意思？」

「沒什麼，只是很訝異妳居然有辦法喜歡一個人。」

她這句話超級失禮的。

「因為妳國中的時候都沒有喜歡過誰，不是嗎？」

「我國中的時候的確……啊，不過嚴格來說……是有類似初戀的對象。」

「咦？」

發出驚呼的不是學姊，是安達。我好像不應該把這件事說溜嘴。

「島……島村……原來妳曾經喜歡過……其他人嗎？」

「怎麼連妳都這麼驚訝？講得好像我在妳們眼裡是個很冷血的人一樣。」

其實我的喜歡跟「愛情」又不太一樣。與其說是愛一個人，不如說是我會很欣賞對方。

簡單來說，應該就是對一個人有好感。

要說這種好感就是戀愛情感，我或許也沒辦法否認。

「我會喜歡安達，就表示我的大腦也存在會導致我喜歡上別人的構造……咦？安達，妳的表情也太誇張了吧？」

安達的表情很像我妹吃到很苦的食物那樣，牙齒緊緊咬著下唇，還會有五官都集中在臉部中央的感覺。她完全不需要用言語表達，就能顯露出自己非常不高興，而且無法接受耳朵聽到的事實。

「妳現在一臉如果有隻倉鼠路過，就會跑來咬妳的表情喔，安達。」

「那是什麼莫名其妙的表情……」

我因為很難口頭說明，決定用手機拍下來給安達看，結果她突然伸手過來抓住我的手機，阻止我拍照。我跟她互相拉扯手上的手機，展開小小攻防，最後覺得繼續為這種小事浪費時間也沒意義，就打消了念頭。

「所以，妳怎麼會露出那麼好笑的表情？」

安達嘴上說著「不知道」，卻還是一臉感覺會被倉鼠咬的表情。

「因為……」

我很久沒看到像這樣鬧脾氣的安達，反而覺得很可愛。

「我比較希望我……才是妳的初戀。」

「那樣是滿浪漫的……啊，可是妳是我第一個交往的對象。」

我想到一個不錯的妥協方案，提議一起用這個結論來作結。安達對於我的說法似乎是認同跟不認同各半，看起來只是暫且點頭答應結束這個話題。

「哦～原來妳當時表面上對每個人都沒有好臉色，卻這麼有少女心啊。」

「學姊就別再提當時的事情了。還有，我說的初戀也只是覺得那個人很有趣而已。」

「那妳的初戀還真單純呢。」

學姊的說法聽起來別有他意。難道學姊經歷過很複雜的初戀嗎？複雜的初戀又是什麼？是死纏爛打到都打結了之類的嗎？

「國中啊……妳喜歡的是誰？木道嗎？還是心川？」

「誰啊？」

「討厭啦～我怎麼會知道呢？哈哈哈哈！」

學姊的笑聲開朗得感覺不出我們之間存在年齡差距。

「不過，既然女生也行的話，就表示也可能是籃球社的人吧。啊，是我嗎？」

「哪可能啊。」

這個人——雖然這麼說有點失禮，不過她以前比較像個普通人，而且還多少看得出她的個性很正經。現在的她跟以前截然不同，甚至讓人懷疑她是不是撞到頭了。她到底為什麼會變成現在這種個性？我不經意地往旁邊一看，才想到我身邊也有一個性格出現一百八十度大轉變的人，於是我也立刻想通了。人本來就不是不可能出現這麼大的變化。

安達的眼神看起來莫名不安，不曉得她是怎麼看待我這道視線的。

「呃，我是真的沒有喜歡過學姊。」

我決定還是明言否認一下比較保險。

「我想也是。畢竟那時候的我很無趣。」

「我覺得也不是無趣，是看起來好像沒有多餘心力管其他事情。」

學姊仔細想了想我回憶中的她，隨後笑著說：

「我現在會刻意表現得有趣點，可是又因為工作太忙，沒機會認識新對象。人生總是很難順心如意啊。」

「學姊工作很忙嗎？」

「因為我一個女生來拉人力車很稀奇，長相又滿不錯的。幸好我長得夠漂亮。」

「妳還真有自信。」

她的確是長得很漂亮啦。

「其實工會裡一個類似工會活招牌的人還是比我搶手。對方很熟悉這個城鎮，知識又很豐富。再加上原本就很有名……算了，那個人厲不厲害不重要。可是長得漂亮也的確是一種優勢，不是嗎？那邊那位美女應該也是靠長相釣到島村的吧？」

學姊把話鋒轉到安達身上。兩個長得很漂亮的美女相互對看，眨了眨眼。

「是嗎？」

安達轉過來看向我，詢問我的意見。要說我是不是看上她的長相……可能也算有吧。安達兼具憂鬱跟透明感的側臉打一開始就深深吸引了我的目光，想必我也多少是為了看她那張臉，才會特地去體育館二樓。

「我一開始就覺得妳很漂亮了。」

我老實講出自己的想法。這句話的尾巴化作一支毛筆，在安達臉上塗上紅色。

她的表情變化在紫色的陰影底下，又顯得格外嬌豔。

「這樣啊……」

安達說出的每一個字都各自產生了漣漪，好比有一顆小石頭在她內心的水面上彈跳。

這幾道漣漪有如平穩的海浪，靜靜推動著我。

「啊，我其實……也一直覺得島村……長得很漂亮。」

「差不多班上第三漂亮嗎？」

「是全世界最漂亮的。」

感覺就好像我只是用手指輕輕一戳，安達卻是扛著整根原木衝撞過來。

她支撐著身體重心的腳站得非常穩，在大地上屹立不搖，彷彿在強調自己絕不讓步。

「謝……謝了。」

她的稱讚對我來說是過獎了，然而，這在安達心目中等於是世界的真理。

一想到這種觀點上的差異當中也有安達存在，就會連帶產生安心感。

「怎麼樣？這一趟幫妳們留下很美好的回憶了吧？」

「不知道被學姊這一句話吹走的氣氛都飛去哪裡了？」

「這裡是非常有名的鳥居～不管是情侶、新郎新娘，還是來遠足的小學生都會來走過一遍喔～直直走進去就可以看到神殿了～」

學姊像是把事前錄好的語音拿出來播放一樣，突然開始解說觀光景點。她示意的方向上

有一座矗立在道路正中央的巨大鳥居。鳥居旁邊也有大型的狛犬雕像守著。而那裡似乎也真的就如學姊所說，是一個觀光景點，可以看到一群應該是跟著旅行團過來的女子一起在鳥居底下拍照。

我懷著觀光的心情四處張望，在途中看見便利商店後面有通往車站的出入口。雖然我們剛才不是從那裡走出車站，但看來已經繞一圈回到車站前面了。

「很多觀光客來玩都會去那座鳥居底下拍照。我每次經過這裡都會一邊跟客人解說，一邊在心裡想著如果我拉著人力車衝去湊熱鬧會怎麼樣。」

「只會害學姊丟掉飯碗吧。」

「人生好難啊。」

人力車就這麼從鳥居前面經過。從高處俯望鳥居後頭擠得水洩不通的人潮，就覺得那裡的燈光變得像是光暈一樣夢幻。這幅景色就好比是在白天欣賞夜間祭典的燈火，虛實交加。

而或許是因為身在高處，在路上破風奔馳的風聲也特別響亮。

總覺得仔細一聞，就真的能聞到一絲絲來自大海的氣味。

走過鳥居前面的行人穿越道以後，學姊忽然抬起頭，語氣隨便地說：

「呃～那裡是一間便利商店。」

她用很粗略的解說介紹一間蓋在轉角的便利商店。一旁的收費停車場幾乎停滿了。

「我的家鄉也有這種建築物。」

「真的假的？也太先進了吧。十五分鐘差不多要到了，要加時嗎？」

「不用了。」

「出口在右邊～記得帶走隨身行李，注意一些我忘記要講什麼的東西喔～」

人力車停靠在步道旁邊。學姊沒有先擦拭汗水，就先來扶著座椅，協助我們下車。這次換安達先下車牽著我的手，引導我走回地面。

我在站上步道之後收起手上的紙傘，遞還給學姊。

「兩位還滿意這趟車程嗎？」

「我明明一直坐著，卻覺得整趟路程忙得不可開交。」

「如果還滿意的話，就麻煩在問卷上面幫忙畫個圈。」

「哪裡有什麼問卷？」

「先不開玩笑了，島村，我想跟妳單獨說幾句話。還有，記得付錢。」

「啊，好。」

既然是想單獨跟我說話，我就得先叫安達乖乖等我一下了。

「所以──」

我還得先想辦法說服安達放開從下車的時候就一直緊緊牽著我的這隻手。

「這趟車資我來付。然後，學姊好像有話想跟我說，安達小姐可以稍等我一會兒嗎？」

「有話要跟妳說？」

「她還沒說，我也不知道她要跟我講什麼啦～」

安達的手指不斷用力戳著我的手指。安達就算面對今天才第一次見面的學姊，也依然不會放鬆戒心。隨時保持戒心，或許就是安達為什麼總是能夠這麼努力的祕訣。

「不會怎麼樣啦，妳放心吧。」

「嗯……」

安達有時候會顯露這種像小狗一樣純真又可愛的模樣。

我想辦法說服安達在附近的二手衣店前面等我之後，再走去找學姊。學姊手上拿著黑色的錢包。

「我剛才應該也有講過，一趟三千圓。」

「好好好。」

學姊在打開錢包時注意到安達投射在她身上的視線，微笑著說：

「那位美女該不會是怕我把妳搶走，戒心才會這麼重吧？」

「算是吧。她是有點容易吃醋沒錯。」

「這樣啊。」

她邊跟我聊天邊朝我伸出掌心。她沒有特別給學妹折扣，我也直接付了三千圓給她。

「那個美女真的很漂亮耶。送我。」

「哈哈哈……」

「我是認真的喔。妳答應的話，我就要去搭訕她了。」

學姊在收錢的同時用極為正經的表情如此強調。

「學姊？」

「其實我也喜歡女生。如果那位美女身高再矮一點，就完全中我的好球帶了。」

她看起來不像在開玩笑。原來學姊也喜歡女生啊──我抬頭看向她的臉。總覺得我身邊好像很多喜歡女生的人。果然是物以類聚嗎？

不過，說到我願不願意把安達拱手讓人──

那等於是要從現在的我身上扣除安達這個成分。

失去安達成分的我，一定會瘦弱得隨時有可能昏倒在地。

……………我怎麼可能答應。

「我不會答應把她送給學姊。」

可以限制跟允許這世上的每一個人能不能做哪些事情的，實質上就只有當事人自己。

我很清楚這個道理，同時不允許其他人接觸安達。

這是為了保護我自己。

學姊一聽到我這句帶有敵意的拒絕，就很滿意地說：

「那我就擅自去搭訕她吧。沒有執照就擅自當起醫生，而且醫術一流的世界名醫，其名為──」

「喂。」

「我開玩笑的。我是很喜歡去搭訕別人的女人，只是她應該很難上鉤。」

尤其像她那樣專情的女人通常都不會喜歡我——學姊小聲自嘲。

畢竟一個已經有交往對象的人打算腳踏兩條船，就不叫專情了——我則是一本正經地回答她。

學姊接著拿出手巾擦拭汗水。

「我要跟妳說一句很不負責任的話，妳聽好了。」

「什麼？喔……」

「島村，妳要好好珍惜妳的女朋友喔。」

學姊一邊擦拭出自體力活的汗水，一邊對我提出忠告。

這個動作，讓我想起她以前在社團結束過後隨便找個話題跟我聊的景象。

「我自己是不會啦。」

「咦？」

「我現在不是有辦法珍惜女朋友的人了。但是妳一定要好好珍惜她，知道了嗎？」

「學姊……」

不曉得她這麼說的原因，是不是跟她頭上的淡淡傷痕有關？

要求別人做到自己做不到的事情。

這樣的確很不負責任。

從她連這種事情都會事先告知對方這一點當中，可以看得出她還留有少許以前的正經。

「而我似乎只能陪妳們走到這裡了。」

「因為我沒有付錢繼續搭。」

我總覺得有聽到一聲「嘖」，是我聽錯了嗎？

「妳們接下來就隨心所欲地一起去任何妳們想去的地方吧！」

「妳嗓門也太大了吧。」

「如果路上有點累了，也可以來搭人力車喔，不用客氣。」

握著人力車握把的學姊像在轉動機車油門一樣，扭動自己的手腕。

「妳們要在這趟旅行途中來搭個五次都沒關係喔。」

「妳是很需要拚業績嗎？」

「不然一個人在路上走也很無聊啊。」

學姊拉起人力車，說：「那我去招攬客人了。」巨大的車輪開始朝著看得出是要回到車站前面的方向轉動。我看著學姊那一頭比銀色車輪吸收的光芒還要更耀眼的金髮——

「學姊，妳要保重身體喔。」

我收起平時道別會用的措辭，改以其他話語代替。

我們往前推進了十五分鐘——

我跟學姊之間的關係，或許就適合這麼單純。

學姊回過頭，用看得出她國中時期的氛圍的笑容回答：

「謝謝惠顧！祝妳們旅途愉快！」

她一直到最後道別的時候，才展現很有車伕架勢的清爽樣貌。

長得夠端正，就能輕易塑造出這種有魅力的情境。這是我在跟安達交往的這幾年所體認到的。

在目送學姊離開，看著她彷彿逐漸沒入後頭的天空時，我才終於想起一件事。

想起學姊的名字。

「我想起來了，記得我一開始還以為她的姓氏是兩個字，害她一臉不高興……」

我一邊懷念起現在已經可以當成是有趣往事的過往，一邊前往安達身邊。安達朝著逐漸遠去的人力車車尾看了一眼。

「妳的學姊……真奇怪。」

「嗯，是啊。」

我家有兩個比學姊更怪的人，反而覺得她還好。

「反正她看起來過得很好，就不需要太放在心上了。」

這次明明沒有說「有機會再見」，卻又一次覺得可能永遠不會再見到學姊了。

不過，如果之後跟學姊真的又有機會再碰上面，我應該還是能一看到她的金髮，就想起她是誰。

「好了，我們要先去哪裡？伴手禮……應該等回程再買就好。」

這次很難得有先拿到買伴手禮的錢。出發之前，一隻在我家裡到處亂跑的狸貓很自豪地遞了一枚五百圓硬幣給我。她想要的當然是零食。我會不時檢查狸貓拿給我的錢會不會突然變成葉子，而目前它還是一枚普通的五百圓硬幣。

「安達妳想要去哪裡？」

「有島村在的地方。」

她毫不遲疑地這麼回答，讓我又重新體認到我就是喜歡她這一點。

「我已經在妳旁邊了啊。」

我一伸出手，安達就用她藏不住情意的手指跟我十指交扣。不知道我跟安達是哪一邊先牽動已經習慣牽著對方的手，並一如往常地引導彼此踏出邁向前方的步伐。

「我還是覺得沒機會見到出生以後整整十五年的島村有點可惜。」

安達說出應該是針對這一趟人力車體驗的感想。這種說法聽起來像是她一路上都不怎麼在乎周遭風景，只把注意力放在我身上，讓我瞬間感覺夏天順道造訪了我的臉頰。

「就算接下來有好幾十年的時間可以給妳，妳還是覺得可惜嗎？」

「這是兩回事。」

「安達果然會這麼想。」

現在安達這種要品嚐到我人生的每一分每一秒才甘願的貪婪只會刺激到我的笑意，看來我也已經病入膏肓了。

不論是身處陌生的地方，還是熟悉的家鄉，安達仍然會隨時隨地，而且時時刻刻都陪伴在我身邊。

我的世界正中心存在著名為安達的白色星辰。她的光芒照亮了我的世界，吸引我浮在空中，也使得世界萬物閃耀無比。

現在，安達就是我的全世界。

「我最近覺得啊，我好像比我自己想得還要更喜歡妳喔。」

我在這麼說的同時，也決定接下來好一段時間要盡量不去看安達的臉。

還加快了腳步，稍稍向前彎起身體，避免安達的聲音溜進我的耳裡。

明明我們牽著彼此的手不會允許我遠離她，我依然在盡全力嘗試逃開她。

受到夏日灼燒的手腳輕盈得好不真實。

我們要一起去哪裡？要一起留下什麼樣的回憶？

就算只是像這樣走在路上，我們的回憶也在一點一滴地逐漸累積。光是待在安達身邊，我的腦海裡就會充滿回憶。

我衷心期盼這些回憶會在未來化成幸福的泡泡，冒出水面。

而我也決定要跟安達——

一起闖過乍看永無止境，卻也總有一天會劃下休止符的無數個夏天。
也要隨心所欲地一起去任何我們想去的地方。

後記

This story has not finished yet.

It is an infinity loop?

以上就是《安達與島村》第十一集的故事。本作的集數終於來到跟我另一部集數最多的系列作一樣的十一集了。

老實說，我當初完全沒想到會寫這麼多集。明明一開始只是刊載在某雜誌上的單則短篇小說，現在居然變得這麼強壯了。再多喝點蛋白粉吧。

下一集終於就是最後一集……應該吧。

賺人熱淚的最後一集！可是不會收錄最終回！什麼情況？

目前預計應該會是講高中文化祭吧？只是實際寫下去的時候，搞不好又會變成完全不一樣的內容。不過，下一集不會是實質上的《安達與島村》第十二集，而是一些額外的小故事……應該說有這個可能性。我沒辦法確定會寫到什麼。我有時候會被下令不要寫到未來的事情——不覺得這樣形容，就會很像有某個幕後黑手在暗中掌控大局嗎？

我現在還不能透露更詳細的事情，總之，我個人認為內容是我近年來寫得特別好，還會覺得「我果然是天才！」的等級。假如有讀者已經先看過了，之後集中在一本書裡也比較好重新翻閱；至於還沒看過的讀者，也不妨趁這個機會一探究竟。應該明年……會出版吧。

不曉得標題會不會改掉。

而且很可能會加上插畫，真教人期待。差不多就這樣吧。

我的另一部作品《私の初恋相手がキスしてた》會在同一時間發售，有興趣的讀者也可以買來看看。

這兩本發售之後，我今年就不會再有新書出版了。

所以，雖然還有點早，就先祝各位新年快樂吧！

明年也請各位多多指教了。

入間人間

菜鳥鍊金術師開店營業中 1~5 待續

作者：いつきみずほ　插畫：ふーみ

採集家入冬停工導致店裡生意門可羅雀
此時卻有皇族貴賓登門委託!?

約克村的採集家們到了冬天會暫停工作，導致店裡生意門可羅雀。此時忽然有一位皇族貴賓登門拜訪。珊樂莎等人無法拒絕皇族的要求，只好前往危險的雪山採集需要的材料，卻遭到魔物攻擊！而且這場襲擊的幕後主使者竟是領主吾豔從男爵!?

各 NT$240~250/HK$80~83

不起眼的我在妳房間做的事班上無人知曉 1~2 待續

作者：ヤマモトタケシ　插畫：アサヒナヒカゲ

開始注意你之後，無論何時你都在我心裡…
開朗美少女向不起眼的他發動猛攻！

遠山佑希獲得班上的風雲人物麻里花的青睞，她不但和佑希一起上下學，佑希還收到親手做的便當，她熱烈地吸引佑希的注意！另一方面，柚實執著於與佑希的身體關係，煞車卻漸漸失靈？此時柚實的姊姊伶奈開始出手干涉錯綜複雜的他們三人……

各 NT$220~250/HK$73~83

自從能夠讀取他人祕密後，
我的校園戀愛喜劇就此開演 1 待續

作者：ケンノジ　插畫：成海七海

弱小的路人甲變身為戀愛強者！
把高嶺之花和辣妹都悉數攻陷，EASY戀愛喜劇！

有一天，我變得能夠「看見」可說是他人祕密的「狀態欄」——高冷正妹其實愛搞笑!?巨乳辣妹其實很純情!?嬌小學姊其實很暴力!?我想趁機和以學校第一美少女聞名、偷偷單戀的高宇治同學加深情誼，卻發現她和學校第一花美男正在交往的真相……

NT$220/HK$73

除了我之外，你不准和別人上演愛情喜劇 1~6（完）

作者：羽場楽人　插畫：イコモチ

兩情相悅的兩人遇到最大危機!?
愛情喜劇迎向波瀾萬丈的完結篇！

經過文化祭上的公開求婚，我與夜華成為公認情侶。我們處於幸福的巔峰，然而情況急轉直下。夜華的雙親回國，提議一家人移居美國？夜華當然大力反對，但針對是否赴美的父女爭執持續不斷……只是高中生的我們，難道要被迫分離嗎？

各 **NT$200~270/HK$67~90**

不時輕聲地以俄語遮羞的鄰座艾莉同學 1~4.5 待續

Kadokawa **Fantastic** Novels

作者：燦燦SUN　插畫：ももこ

政近中了有希的催眠術而成為溺愛系型男？
描寫學生會成員夏季插曲的外傳短篇集登場！

艾莉進行超辣修行而前往拉麵店，遇到一名意外人物？想讓艾莉穿上可愛的泳裝！解放慾望的瑪夏害得艾莉成為換裝娃娃？又強又美麗的姊姊大人茅咲，與會長統也墜入情網的過程——充滿夏季風情的外傳短篇集繽紛登場！

各 **NT$200~260/HK$67~87**

我當備胎女友也沒關係。 1~2 待續

作者：西 条陽　插畫：Re岳

你真正喜歡的，是我還是那女孩？
100%既危險又甜蜜，充滿嫉妒的戀愛泥沼

我瞞著大家，至今仍不停地犯下錯誤。會跟早坂同學一起在夜晚的教室裡做些不可告人的事，或是跟橘同學半夜悄悄跑去陌生的車站接吻。這是我、早坂同學及橘同學一同陷入的甜蜜泥沼。在這段100%既危險又甜蜜，充滿嫉妒的戀愛盡頭等著的是——

各 **NT$270/HK$90**

與其喜歡他，不如選我吧？

作者：アサクラ ネル　插畫：さわやか鮫肌

即使她有喜歡的男生我也要攻略她
臉紅心跳的百合戀愛喜劇揭開序幕！

從小就認識的少女堀宮音音有了喜歡的男生。雖然同是女生，但水澤鹿乃喜歡音音。不知不覺間，音音在鹿乃心中的地位已不只是單純的摯友。儘管如此，鹿乃在百般煩惱後的結論卻是：「就算得不到她的心，也還有機會得到她的身體……！」

NT$220/HK$67

終將成為妳 關於佐伯沙彌香 1~3（完）

作者：入間人間　插畫：仲谷 鳰

睽違了多年的「相遇」——
沙彌香的戀愛故事完結篇。

小一歲的學妹枝元陽愛慕升上大學二年級的沙彌香。儘管沙彌香一開始警戒著積極地表達好意到甚至令人無法直視的陽，最終仍有如回應她的好意那般，開始摸索戀愛的形式，下定決心，要試著碰觸那星星看看……

各 **NT$200/HK$67**

位於戀愛光譜極端的我們 1~5 待續

作者：長岡マキ子　插畫：magako

手牽著手走在路上。
光是這樣就讓人內心充滿溫暖。

　　這次將獻上高中生活最大的樂趣——校外教學！經歷了無法如意的人際關係、充滿煎熬的思念之情與許多歡笑的時刻後，大家都逐漸成長。龍斗當然也是——「爸爸、媽媽。謝謝你們生下我。加島龍斗，十七歲，即將登大人啦！」呃……咦？怎麼回事？

各 NT$220~250/HK$73~83

其實是繼妹。～總覺得剛來的繼弟很黏我～ 1~2 待續

作者：白井ムク　插畫：千種みのり

「老哥，你陪我練習……接吻吧？」
刺激的請求，開啟了全新的混亂局面！

晶的個性隨性，是個可愛過頭的弟……是像弟弟一樣的繼妹。自從她向我表明心意後，和我相處的距離還是老樣子。不對，我們之間的距離反而縮短，每天都過著心頭小鹿亂撞的兄妹生活！這是我和晶以一對兄妹、一對男女的身分，又成長了一點點的第二集！

各 **NT$260/HK$87**

繼母的拖油瓶是我的前女友 1~9 待續

作者：紙城境介　插畫：たかやKi

該選擇與結女再次兩情相悅的未來，還是幫助伊佐奈發揚才華的夢想？

水斗為伊佐奈的才華深深著迷，熱衷於她的職涯規劃。兩人為了轉換心情去聽遊戲創作者演講，主講人卻是結女的父親！儘管自知對結女的感情日益增長，然而事態將可能演變成家庭問題，水斗在戀情與現實間搖擺不定，結女卻開始積極進攻——

各 NT$220~270/HK$73~90

轉學後班上的清純可愛美少女，
竟是小時候玩在一起的哥兒們 1~5 待續

作者：雲雀湯　插畫：シソ

一如既往的關係，渴望改變的心。
兩人的天秤在搭檔和女孩子之間搖擺不定——

隼人轉學過來後，春希的生活有了一百八十度大轉變，乖寶寶的「偽裝」逐漸瓦解。暑假結束後，春希的生活又有了新的轉變，因為沙紀從月野瀨轉學過來了。在隼人心中，她不是妹妹或朋友，而是「女孩子」——

各 **NT$220~270/HK$73~90**

借給朋友500圓，他竟然拿妹妹來抵債，我到底該如何是好 1 待續

作者：としぞう　插畫：雪子

「謹遵哥哥吩咐，小女子來擔任抵押品了。今後還請學長多多指教！」

全校都認識的美少女，宮前朱莉突然來到白木求居住的公寓。她為了區區五百圓來當哥哥負債的抵押品。這件事實在太過突然，讓求覺得莫名其妙，不過朱莉硬是說服他並住進他家。與積極進攻的美少女同住一個屋簷下，令人臉紅心跳的同居生活就此開始！

NT$230/HK$77

男女之間存在純友情嗎？(不，不存在！) 1～4下 待續

作者：七菜なな　插畫：Parum

悠宇與凜音的獎勵之旅IN東京！
摯友及創作者究竟該選哪一邊呢？

這場瞞著日葵的兩人旅行固然讓人臉紅心跳，悠宇也沒有忘記這一趟還有另外一個目的——那就是從東京的飾品創作者身上得到成長的啟發。正當兩人一再產生誤會時，有人邀請悠宇參加飾品相關的個展，就此演變成悠宇與凜音賭上夢想的夏日大對決！

各 **NT$200~280 / HK$67~93**

國家圖書館出版品預行編目資料

安達與島村/入間人間作；蒼貓譯. -- 初版. -- 臺北市：臺灣角川股份有限公司, 2023.06-
冊；　公分. -- (Kadokawa fantastic novels)
譯自：安達としまむら
ISBN 978-626-352-593-1(第11冊：平裝)

861.57　　　　112005454

Kadokawa
Fantastic
Novels

安達與島村 11

（原著名：安達としまむら 11）

2023年6月21日 初版第1刷發行
2024年3月22日 初版第2刷發行

作　者：入間人間
插　畫：raemz
角色設計：のん
日版設計：カマベヨシヒコ（ZEN）
譯　者：蒼貓

發 行 人：台灣角川股份有限公司
總 監：呂慧君
總 編 輯：蔡佩芬
主 編：林秀儒
編 輯：黎夢萍
設計指導：陳晞叡
美術設計：黃永漢
印 務：李明修（主任）、張加恩（主任）、張凱棋

發 行 所：台灣角川股份有限公司
地 址：104台北市中山區松江路223號3樓
電 話：（02）2515-3000
傳 真：（02）2515-0033
網 址：www.kadokawa.com.tw
劃撥帳戶：台灣角川股份有限公司
劃撥帳號：19487412
法律顧問：有澤法律事務所
製 版：巨茂科技印刷有限公司
ISBN：978-626-352-593-1